COLLECTION FOLIO

Marcel Jouhandeau

Les Pincengrain

Gallimard

Marcel Jouhandeau est né le 26 juillet 1889 à Guéret (Creuse). Il est mort le 7 avril 1979. Fils d'un boucher, il a fait ses études au lycée de Guéret, puis au lycée Henri-IV à Paris, et à la Sorbonne. Les premiers modèles de ses livres, sa première source d'inspiration ont été les êtres les plus étranges qui peuplaient sa petite ville. Guéret, baptisée par lui Chaminadour, a mis longtemps à le lui pardonner. Influencé par Jules Renard, un peu aussi par Charles-Louis Philippe, il est d'instinct « un détrousseur d'âmes », comme l'a écrit Maurice Nadeau. Son père, sa mère, les garçons bouchers, les Kraquelin, les sœurs Pincengrain, l'oncle Henry, l'ancienne carmélite Jeanne et l'inquiétante Mme Alban, autant de personnages qu'il fait vivre dans leur étrangeté, ne les laissant que lorsqu'il a percé leurs secrets les mieux gardés.

L'écrivain aura été, pendant trente-sept ans, et à la satisfaction générale, professeur de sixième au pensionnat Saint-Jean-de-Passy. Il n'en poursuit pas moins, à ses heures de loisir, une œuvre que beaucoup ont jugée marquée de la griffe du diable. Car Jouhandeau n'est pas seulement ce peintre réaliste et cruel qui épingle des figures humaines comme des papillons, qui n'a aucune préoccupation sociologique, mais collectionne les individus étranges qu'il regarde courir vers leur salut ou leur perte. Élevé dans la ferveur religieuse, il découvrit bientôt que s'il était destiné à vivre dans la foi, il l'était en même temps à vivre dans le péché. Et bientôt le vice devient une source de joie et d'orgueil : « Pour une larme versée sur le Dieu que je perds, mille éclats de rire au fond de moi fêtent la divinité qui m'accueille partout. » A côté de certains récits de Jouhandeau, remarque José Cabanis, le *Corydon* de Gide a l'innocence d'un manuel de pêcheur à la ligne.

Ce Jouhandeau-là s'est peint dans *La Jeunesse de Théophile, Monsieur Godeau intime, Monsieur Godeau marié, De l'abjection, Du pur amour* et aussi dans la série des *Mémoriaux* et dans celle des *Journaliers.* « L'orgueil d'un Godeau est d'un degré jamais atteint », écrivait Jacques Rivière.

Le mariage avec Élise, danseuse qui, sous le nom de Caryathis, avait créé le ballet d'Éric Satie *La Belle Excentrique,* aura fourni à Jouhandeau une nouvelle et inépuisable source d'inspiration. Son écriture se fait alors plus spontanée, pour rendre compte d'une vie conjugale aux cent actes divers.

LES PINCENGRAIN

PREMIÈRE PARTIE

La faute de Pincengrain

I

— « Encore une, mon gendre, qui n'a pas su porter le mariage. Il y faut mettre tant de sensibilité et d'esprit. »

Maman Lecœur jette cette parole devant sa fille. Elle revient de l'enterrement d'une jeune femme, où Pincengrain l'accompagnait.

Bien prise dans sa visite pailletée de jais, sous son petit chapeau en taffetas, Maman Lecœur paraît être une bourgeoise qui friserait la noblesse, à cause de la simplicité dans la recherche de sa toilette et de la distinction de son nez. Elle est seulement fille et veuve de gardes-forestiers. Son père et son mari ont bien voulu se tuer au travail quotidien pour elle.

Maman Lecœur est fluette, guindée. Son gendre lui ressemble comme un fils ne ressemble pas toujours à sa mère. Leurs mains et leur visage luisent et s'insinuent au-devant de leur regard qui reluit davantage et vous a percés.

On a malgré ses cinquante ans des coquetteries de vierge. On entre toujours pour le principe et par tradition en rivalité avec toutes les femmes de la terre, même avec sa propre fille.

Il faut que Monsieur le Curé puisse dire de Maman Lecœur qu'elle est très distinguée et que son gendre le pense toujours.

« Il faut parer le personnage qu'on doit faire, poursuit Maman Lecœur en s'adressant à sa fille directement, — jouer avec une espèce de génie, un peu de malice et beaucoup d'amour son petit rôle, — s'habituer à la bonne ruse comme aux pires roueries sentimentales, — paraître toujours belle et plus désirable, — être trois fois femme pour rester la femme de quelqu'un toute sa vie. C'est ce que je dis souvent à Clorinde.

— Pourquoi dites-vous cela à Clorinde ? » interrompt M. Pincengrain, qui n'approuve pas encore tout à fait sa belle-mère.

II

Le soir, Madame et Monsieur Pincengrain sont assis de chaque côté de la cheminée dans la grande arrière-boutique de leur épicerie. Madame Pincengrain tient petit Robert sur ses genoux, Monsieur Pincengrain petite Véronique. Les anges dorment. A l'écart jouent deux diablotins qu'on aime à peine.

— « Quelle créature extraordinaire est notre Véronique, dit Pincengrain. Brunette si mince... je crains de la briser quand je l'habille, et sa peur du mal m'impressionne. Je n'ose pas lui faire seulement une remarque dans le pressentiment du remords et de la résolution que je vais faire naître au cœur de l'enfant.

— Robert m'a dit..., conte Madame Pincengrain avec mystère, tu ne devinerais pas?... ce matin parce que je le porte toujours : quand je serai grand et que tu seras toute petite, je te porterai. En revenant de promenade il se retournait souvent dans sa voiture pour me voir. Je le grondais. Alors il m'a dit que j'étais trop belle, qu'il se marierait avec moi, puis tout de suite après, comme si c'était la même chose, qu'il se ferait prêtre et que nous bâtirions des églises pareilles à Notre-Dame de Reims.

— La recette n'a pas été brillante aujourd'hui, soupire Pincengrain. Je vais avoir besoin de trois cents francs pour l'affichage.

— Pincengrain, Pincengrain, si j'avais su me plaindre une seule fois, je me fâcherais ce soir. Il y a deux ans nous parlions de nous, de Robert et de Véronique bien tranquillement toute la veillée. Mais voilà que la politique s'est glissée dans notre seul moment de repos et l'empoisonne. »

III

— « Ces mille francs sont à vous, mon gendre. Il me faut être raisonnable. Vous vous donnez bien la peine d'être parfait depuis le matin jusqu'au soir avec ma fille et avec moi. Ce sont les derniers francs que j'aie. Faites-moi le billet promis pour la rente que vous me devrez servir. »

Pincengrain maugrée pour la rente et le mensonge. Maman Lecœur garde certainement encore beaucoup d' « espèces » couchées entre ses draps marqués d'un grand L. Il se réjouit tout de même du service qu'on lui rend, — jusqu'à ce qu'il se prenne à craindre que Maman Lecœur eût dit vrai, que ce soit la fin d'un trésor inépuisable.

IV

Maman Lecœur sortait avec son gendre. La Gerboise entrait. Elle dit :

« Vous êtes bien heureuse, Madame Pincengrain, d'avoir un mari comme celui-ci. Dans trois semaines, il sera notre maire. On le dirait prêtre, tant il est sage. Tout le monde l'admire avec Maman Lecœur. On dirait qu'il sait tout ce qu'on ignore, et qu'elle lui parle de tout ce qu'il sait. J'ai perdu le pauvre mien, l'année dernière. Il n'était pas comparable, bien sûr, à Monsieur Pincengrain. Monsieur Pincengrain a tellement le soin de sa personne. Il brille comme un rasoir dans sa gaine de buis. »

Elle pleure.

Madame Pincengrain la console avec toutes sortes de tendresses neuves, inespérées. Elle lui dit, sans y prendre garde, en lui remettant le linge sale :

« Venez veiller avec nous de temps en temps, Gerboise.

— Vous êtes bonne, Madame Pincengrain. Ce linge à laver... S'il n'était pas mort, je ne laverais pas le linge des autres. »

V

Monsieur Pincengrain seul, sur le mail des acacias :

— « Ma belle-mère est admirable. Quelle maîresse elle eût jouée ! Clorinde est par trop insuffisante. Elle s'habille de pilou et méprise la politique. Elle m'aime ; elle aime ses enfants ; c'est tout. La Gerboise a moins l'air d'une paysanne et d'une servante qu'elle. Son visage n'est pas replet ni ses cheveux bêtement noués et blonds.

Pourquoi la Gerboise me regarde-t-elle avec de grands yeux de vache ? »

VI

Monsieur Pincengrain a du médecin de village et du croque-mort. On le rabaisserait ou relèverait un peu trop en le comparant exclusivement à l'un ou à l'autre. Il a presque autant de dignité que le premier, presque plus de tristesse macabre que le second, les ridicules de tous les deux. Sa redingote noire, prétentieuse pour un épicier, conviendrait parfaitement au docteur, si ses mains calleuses et couleur de terre malgré la pâleur et le soin, ne disaient qu'on s'occupe surtout de besognes serviles. Le visage osseux sent le squelette. L'âme se complaît dans l'aridité et la maigreur.

Comme il s'avance dans le chemin, la Gerboise cause sur le pas de sa porte avec la charcutière « d'en face » :

« Voici venir Monsieur Pincengrain le pâle dans sa redingote noire, dit celle-ci.

— Comme il est bien ! dit celle-là.

— Un peu guindé, reprend l'une.

— Mais si soigné, répond l'autre.

— Et triste ?

— On ne sait pas », aime à supposer la Gerboise.

Elle l'appelle du doigt, quand il les salue. Elle l'a conduit dans sa maison.

— « Je voudrais vous parler de ma terre qui est à vendre. »

Quand elle a refermé la porte sur eux, une main de laveuse s'accroche à la redingote magistrale et cherche le corps du Pincengrain.

Ils sont sur le lit.

VII

— « Marius ! » appelle Madame Pincengrain.

Les enfants rentrent de classe et la délivrent. Survient Monsieur Pincengrain (Monsieur Pincengrain s'appelle Marius). Elle raconte :

« J'allais dans la buanderie. Quelqu'un marchait derrière moi. Je n'y avais pas mis le pied qu'on m'y enfermait à double tour et voilà deux heures que j'y suis. »

Elle regarde autour d'elle et toute en larmes :

— « Mes oiseaux ! On a donné la volée à mes oiseaux. On a brisé les lis et les hortensias qui allaient fleurir sous la fenêtre de notre chambre. C'est tout ce que j'avais emporté de la maison et de la forêt de mon père.

— Que veux-tu ? dit Pincengrain. Il faut nous résigner, Clorinde, à avoir des ennemis politiques. »

VIII

Le soir, Pincengrain fatigué se couche de bonne heure. L'arrière-boutique tient lieu de salle à manger et de chambre à coucher.

Clorinde veille en face du lit. Elle racommode les vêtements de ses enfants.

Pincengrain lui dit :

— « Encore ce peignoir de pilou, couleur de cendre. Si quelqu'un venait... »

Clorinde, sans faire une remarque, va décrocher la robe de satin noir du lendemain de ses noces, garnie d'un liseré d'argent. Elle s'en revêt.

Entre la Gerboise.

— « Je viens veiller avec vous, Madame. »

Ses yeux cherchent le lit, où Pincengrain maintenant dort. Elle le regarde sans travailler, tout le temps que Madame Pincengrain travaille. Madame Pincengrain lui raconte pour la centième fois que son père habitait une grande forêt ; qu'il était pieux ; qu'elle l'aimait ; qu'elle ne s'est pas mariée pour quitter sa mère ; mais qu'elle s'est réjouie de la quitter, en se mariant ; qu'elle aimait beaucoup moins sa mère que son père, sans toutefois ne l'aimer point.

La Gerboise regarde le lit. Pincengrain se réveille. Il dit :

— « Qui nous fait donc la politesse de nous venir voir ?

— C'est la Gerboise, répond Madame Pincengrain.

— Bonsoir, Gerboise.

— Bonne nuit, Monsieur Pincengrain », dit la Gerboise avec un enthousiasme indiscret sous la cérémonie.

Véronique pleure dans son sommeil.

Sa mère la console de la voix.

— « La lumière les gêne », dit-elle.

La Gerboise s'en va.

IX

Véronique : « Maman, la petite Lucie m'a dit que le soir papa vient chez elle. »

Robert : « Et à moi, qu'elle croyait bien avoir reconnu père dans le lit de sa mère. »

Madame Pincengrain se demande si elle rêve affreusement, se frotte les yeux, croit qu'elle devient folle, veut se moquer des larmes que fait verser un conte d'enfants.

— « Et pourquoi faut-il que ce soit ses enfants qui lui disent ce mal et qu'ils lui parlent de leur père ? »

Elle pleure.

Maman Lecœur entre sans voir. La rue était ensoleillée. La maison est sombre. Elle enlève ses gants d'une façon précieuse. Elle dit :

« Je viens de la Sacristie où les Mères Chrétiennes se réunissaient extraordinairement sous la Présidence de Monseigneur de Châlons. Toutes ces dames se plaignent que tu n'aies pas assez de piété. »

Clorinde pense que sa mère jusqu'alors la détournait de l'Église, pour ménager la candidature anticléricale de Pincengrain.

Maman Lecœur voit les larmes de sa fille :

— « Ah ! tu le sais ? dit-elle, tu le sais ? Le malheur est grand. Tout le monde en parle. Mais je t'avais, Dieu merci ! prévenue et je suis innocente. Une femme, vois-tu, doit recommencer de séduire son mari tous les jours. Il faut supporter d'être la maîtresse ou qu'il y ait une maîtresse à côté de soi. »

Maman Lecœur ajoute presque bas :

— « Pincengrain est un homme supérieur. Il avait sans doute droit à un autre plaisir. Mais la Gerboise est vraiment moins que rien. Je suis humiliée pour lui, pour toi et pour moi. »

Clorinde ne comprend rien à ce que dit sa mère. Elle ne l'écoute pas non plus, grâces à Dieu ! Elle écoute son mari qui s'entretient avec une religieuse dans l'épicerie.

X

Sœur Ephrem est une virago habillée de noir et de blanc, presque un homme, qui serait un vieillard, comme Pincengrain ressemble à une vieille femme, jaunie, ridée, à la voix aigre.

Ils sont pareils, sauf que l'une est religieuse, l'autre candidat anticlérical : contraste apparent qui efface la ressemblance de deux natures également antipathiques. Ils se disputent sans cesse pour leurs idées, mais aiment réciproquement leurs caractères. Si Sœur Ephrem avait été mariée avec

Monsieur Pincengrain, elle n'eût pas conservé sa religion, et si Monsieur Pincengrain avait épousé Sœur Ephrem, il n'eût pas été candidat anticlérical : Monsieur Pincengrain eût été toute la religion de sa femme; Sœur Ephrem, toute la politique de son mari. Sœur Ephrem et Monsieur Pincengrain sont aussi âpres aux opinions, aussi égoïstes, aussi impropres à comprendre qu'on souffre autour d'eux, dès qu'ils ont du plaisir ou une idée fixe. Si Monsieur Pincengrain avait épousé Sœur Ephrem, ils passeraient une moitié de leur temps à faire l'amour, l'autre à se haïr.

XI

Pincengrain est couché tout nu, auprès de la Gerboise. Ses deux pieds, qui se promènent dans les roses roses du rideau damassé, vont se reposer sur le ciel du lit.

Il dit :

« Parce que nous faisons de la politique, on croit que nous devons avoir l'air compassé. »

La Gerboise lui dit :

« Clorinde est si froide ! »

Pincengrain sourit de la familiarité que se permet sa maîtresse à l'égard de sa femme. Il pense à Sœur Ephrem qui lui regardait les mains sur un bocal de candi, ce soir. Il croit qu'elle les voyait, parce qu'il est perverti.

La Gerboise conseille très fort à sa fille, qui chante sur le lit de fortune qu'on lui a dressé dans l'entrée, de dormir.

La lampe fume près du vin et d'un bouquet de dahlias sombres qui puent.

— « Marius ! » appelle une voix, de l'autre côté de la porte mince, dans le chemin.

Pincengrain reconnaît la voix de Clorinde.

Il éteint la lampe.

XII

Véronique : « Autrefois, père, tu faisais la toilette de mes petits ongles et tu me baignais le soir. »

Robert : « Pourquoi es-tu rentré tard hier ? Maman a pleuré, pleuré. Quand mes sœurs se sont endormies, elle m'a laissé seul, pour que je les garde, moi, le tout petit. Elle est sortie. Elle est revenue. Le temps d'aller jusque chez la Gerboise... »

Monsieur Pincengrain qui avait toujours été d'une douceur parfaite avec ses enfants et surtout avec sa fille Véronique écarte les bras violemment et la repousse. L'enfant, interdite, se réfugie dans la cour auprès de sa mère. Elle s'y évanouit.

Alors, Madame Pincengrain vient s'asseoir en face de Monsieur Pincengrain. Elle porte, sur ses bras, sa préférée qui est à demi morte. Elle la déshabille. Pincengrain voit le petit corps.

Il se lève pour aller se promener au mail des acacias.

XIII

C'est le jour des élections municipales. Tout en se promenant, Pincengrain médite « la Vie » du premier César. Il vient de lire la traduction de Suétone qu'offre la Bibliothèque Nationale pour vingt-cinq centimes sur papier de paille, — et conclut :

« Cette Gerboise est inimitable : une courtisane de roi... Il me manquait, pour être grand, de connaître les voluptés qu'elle imagine. La Mairie de mon village ne me suffit déjà plus, — que je n'ai pas encore. »

XIV

Avant que revienne Monsieur Pincengrain, la Gerboise essoufflée arrive. Elle appelle :

— « Monsieur, Monsieur Marius, Marius... »

Madame Pincengrain continue de bercer petite Véronique comme si Pincengrain était toujours là devant elles deux. Elle ne se détourne pas.

La Gerboise lui demande ce qu'a Véronique pour être si blême, et sans attendre une réponse lui parle des élections.

Pincengrain rentre. Il dit, après un silence impressionnant :

— « Je suis maire. »

A ce moment, du fond de la cour monte, — telle une servante chargée de tout le linge sale de la maison — Madame Pincengrain vers la Gerboise qui ne fait pas un pas pour la servir.

La Gerboise lui dit :

— « Il faudra vous chercher une laveuse. Je ne laverai plus pour le monde. »

Pincengrain se trouble un peu.

Madame Pincengrain répond :

— « Comme vous voudrez, Gerboise », tandis qu'elle va bercer encore sa petite Véronique avec le même calme imperturbable. Et elle ne regarde personne.

XV

Maman Lecœur, sur l'air d'une grande dame qui voit le revers, a conduit ses petites filles dans un asile d'enfants abandonnés. Des religieuses dirigent l'asile qui porte un nom poétique. Maman Lecœur pense que ses petites filles au moins pourront parler plus tard, comme dans les romans, — de leur couvent.

Elle s'entretient avec la supérieure... de spiritualité. On la fait asseoir dans un fauteuil de velours cramoisi, à cause de la distinction de ses manières, de sa robe et de son nez. Cependant ses petites filles vont prendre leur place à l'orphelinat et sa fille a rejoint une grande ville du Nord, où elle sera caissière depuis le matin jusqu'au soir, dans une épicerie.

Les Pincengrain sont ruinés.

Maman Lecœur vivra désormais toute seule dans sa petite maison, où elle garde Robert.

XVI

Robert est inconsolable de ne plus voir sa mère, « sa petite cane », « sa fiancée ». Il lui écrit tous les jours :

« N'aie crainte. Je serai curé de la grande Paroisse. Je me marierai avec toi. Nous bâtirons des églises comme il n'y en a pas encore. »

Un soir, il rentre tout suffoquant. Sa grand'mère lui demande ce qu'il y a.

— « Je pêchais dans l'oseraie, où personne jamais ne vient, pour que je pense mieux à mère. Quelqu'un venait. Je ne le connaissais pas, et puis je l'ai reconnu. C'était père. Il a voulu m'embrasser. Je lui ai dit « non » et je me suis mis à courir jusqu'ici. Jamais plus je n'irai à l'oseraie. »

Alors Maman Lecœur lui fait un reproche :

« Il fallait tout de même l'embrasser. Il va croire que c'est moi qui ne veux pas...

— Si j'avais su, répond Robert, je lui aurais dit que c'était moi tout seul qui ne voulais pas. »

XVII

Un dimanche matin, Maman Lecœur revient de l'église : elle trouve petit Robert en chemise de nuit dans la mansarde. Il a étendu sur ses genoux un grand sabre rouillé qu'il frotte avec du papier de verre et le coin de sa descente de lit.

Il tousse plus que jamais, demande une enveloppe pour écrire à « tite Véronique ». Maman Lecœur lui abandonne un ruban de parchemin.

Elle regarde plus tard, quand la fièvre augmente, ce qu'il a écrit.

— « Tite Véronique, tout ce matin j'ai fourbi le sabre de papa Lecœur pour tuer la Gerboise, quand je serai grand. »

Il délire.

Maman Lecœur envoie chercher Sœur Ephrem.

Dès que sa Sœur Ephrem est entrée, Robert pleure davantage. On ne sait pas pourquoi. C'est que lui seul a découvert et éprouve douloureusement en elle la ressemblance du père.

La même nuit, Robert meurt.

Le lendemain, tout le monde respectueusement se tiendra le long de la route de Reims, à l'arrivée de Madame Pincengrain. On sait qu'elle l'aimait tant.

Chacun veut voir son chagrin entre les bras des Mères Chrétiennes de Maman Lecœur. Tout le monde vit une statue qui marchait toute seule dans le chemin.

XVIII

Madame Pincengrain a repris sa place au comptoir dans la toute petite maison de bois habituelle, grande comme un reliquaire ou la niche d'une sainte.

Son masque s'est creusé, émacié, terni. Elle ne pleure pas. Il ne faudrait pas qu'elle pleure. Elle n'en a pas le désir non plus. Elle aime cette solitude qu'on lui a faite, trouve de la douceur à sa prison, parce qu'elle y voit une apparence de sépulcre. L'enfant mort y est toujours étendu froid sur ses genoux. Elle méprise constamment l'or qu'elle touche, puisqu'il ne pourrait pas l'empêcher de se souvenir ni d'être seule. Elle tremble seulement que sa douleur, où elle est enfermée, ne la rende orgueilleuse et insensible. Elle évite de faire le moindre mouvement qui ne serait pas indispensable, — pour ne pas déranger le Mort, — et se demande si elle pense encore à ses filles.

Un papillon s'égare-t-il dans l'épicerie ? elle sait qu'il vient de la forêt de son père. Elle se rappelle qu'elle a été vive comme lui.

XIX

Véronique et Prisca ont dû abandonner leur couvent pour assister Maman Lecœur. C'est au tour de Maman Lecœur de mourir.

Maman Lecœur pense toujours à Pincengrain.

Véronique et Prisca sont assises en deuil de chaque côté de son lit et de cette pensée.

Il est dix heures du soir.

Une voisine se tient sur le pas de sa porte. Elle ne peut pas dormir. Elle a le pressentiment que Maman Lecœur mourra cette nuit.

La Gerboise vient rôder autour de cette heure et de cette maison, on ne sait pourquoi. Elle regarde par la fenêtre de Maman Lecœur. Véronique et Prisca reconnaissent le pas et le visage.

Elle dit très fort à la voisine :

— « Morte ? »

Maman Lecœur reconnaît la voix de la Gerboise. Maman Lecœur se soulève, comme si c'était la voix de la mort qu'elle eût entendue. Elle demande à ses petites-filles d'aller au-devant d'elle pour la chasser. Elle fait de grands gestes, comme pour se débarrasser de quelqu'un qui l'étoufferait. Elle crie. Véronique et Prisca s'évanouissent. La voisine et la Gerboise qui la suit, entrent pour habiller une morte. La Gerboise cherche dans l'armoire de Maman Lecœur. Elle y trouve le voile de mariage de Clorinde, et l'étend sur le pauvre visage après la toilette.

Le lendemain, quand Madame Pincengrain demandera qui a fait la dernière toilette de sa mère, la voisine tout naturellement lui répondra :

— « C'est la Gerboise. »

DEUXIÈME PARTIE

Le mariage de Godichon

I

Véronique et Eliane reviennent de leur Paroisse. Les Vêpres sont dites. Elles trouvent leur mère assise sur une chaise de paille au milieu de leur unique chambre, entre les deux lits, ses mains sur ses genoux. Elles prennent une chaise de paille et s'assoient de chaque côté de leur mère, assez loin d'elle. Véronique fait un travail de broderie très blanche pour Eliane. Eliane tricote des bas noirs pour Véronique.

Elles disent un mot toutes les demi-heures, toujours le même :

« Prisca va rentrer. »

Madame Pincengrain se tait.

Leur cœur ne peut contenir une forte émotion de joie, qui vient de cette intimité si heureuse, inespérée, et précaire. Trois larmes brûlantes disent un instant le mystère de leur union.

Mesdames Pincengrain se sont réunies à Paris. Madame Pincengrain ne travaille plus. Ses filles travaillent. Elles partent le matin, rentrent le soir, vont à la Grand'Messe et aux Vêpres le dimanche, trouvent toujours, quand elles rentrent, leur mère assise sur la même chaise de paille, au milieu de la chambre, entre les deux lits, ses deux mains sur ses genoux. Il y a plus de cinq années que Madame Pincengrain n'est pas sortie de l'unique chambre.

Prisca est un peu différente de ses deux sœurs. Elle ressemble à la jeunesse de Madame Pincengrain. Elle est blonde, à face replète, très gaie, insouciante, naturelle, et presque éclatante comme une fleur des forêts ou un oiseau. Madame Pincengrain a un faible pour cette Prisca. Elle n'a pas besoin d'être si tendre envers Eliane et Véronique qui lui sont pareilles, silencieuses et tristes, fortes dans l'inconsolation comme son âge mûr et sa vieillesse, pour les aimer. Elle les voit toujours, et en elle-même. Elle regarde quelquefois Prisca pour se reposer. Prisca ne va pas aux Vêpres. Une vieille demoiselle champenoise vient la chercher le dimanche soir. Elles se promènent dans les jardins de Paris.

II

Madame Pincengrain n'a jamais l'air de travailler. Quand ses filles rentrent, elle se repose. Mais le linge est repassé, le couvert mis, le repas préparé. Quand elle se repose, pourquoi a-t-elle choisi la place la moins convenable, le milieu de la chambre où le froid vient de partout, et une chaise de paille ? N'y a-t-il pas au coin de la cheminée la bonne bergère capitonnée de Maman Lecœur ? Le repos de Madame Pincengrain a toujours l'air provisoire et inquiet. Elle penche la tête un peu en avant comme si elle allait se lever et prête l'oreille, pour entendre venir de plus loin celui ou celle qui pourrait la déranger ou la délivrer.

Les voisins respectent cette vieille femme inconnue, si maigre, si pâle, au visage de squelette, qui leur apparaît entre deux rideaux de lin soulevés comme des ailes d'ange. La blancheur du linge qu'elle entretient autour de son visage trouble la conscience de Paris.

Prisca traverse en étrangère le silence de sa mère et de ses sœurs. Elle se laisse vaincre rarement par l'atmosphère triste et tranquille qu'elles ont créée. Elle couche dans le lit de sa mère. Véronique et Eliane partagent l'autre lit. Véronique a choisi comme devise : « Tout droit. » Eliane, quand on lui demande la sienne, dit : « Suivre Véronique. » Leurs actions, si elles sont identiques, n'ont cependant pas la même valeur. Véronique aime l'ascétisme pour lui-même, ne connaît que des émotions morales, trouve sa joie dans la rigueur de la justice où elle se garde. Eliane aime l'ascétisme pour Dieu, ne connaît que des émotions religieuses, trouve sa joie dans l'enthousiasme du grand amour chrétien. Véronique porte un air de la religion. Elle en adopte les rites et pratique les exercices de piété pour la distinction qu'ils confèrent, et parce qu'ils conviennent aux « honnêtes gens ». Mais elle ne demande pas son secours à Dieu, et ne trouve en lui aucune satisfaction du cœur. Elle ne prie jamais. Elle aime d'abord et froidement le bien, et tout de suite après le bien, la couleur jaune et la maigreur.

Prisca n'est jamais entrée si avant dans la morale et la religion. Elle prend à l'une et à l'autre ce qui peut convenir à son rêve léger, à sa vie sans importance, à son mariage ridicule de demain. Le plus grand charme de Prisca est dans la façon dont elle parle de ses sœurs et de sa mère ; de sa mère qui porte une douleur inconsolable ; de Véronique plus intelligente qu'elles trois, plus instruite que femme ordinaire, et droite comme l'image de la Justice ; d'Eliane la plus pure, qui est sans péché, une bonne victime expiatoire.

Madame Pincengrain pense toujours à Monsieur Pincengrain. Elle n'en parle jamais, — défend à ses filles d'en parler, — ou bien elle en parle comme d'un mort. Elle se réjouit d'avoir l'apparence d'une morte, pour satisfaire à des perversions insoupçonnées. Elle recherche la propreté la plus excessive, observe un soin de son corps que ses filles ne lui connaissaient pas et qu'elles servent, comme on est impressionné devant la pierre d'un autel. S'il arrive à Madame Pincengrain de parler de Maman Lecœur, sa propre mère, elle dit que c'était « une belle petite femme ».

III

Prisca rentre en retard un soir. Ses sœurs s'inquiètent. Sa mère lui fait un reproche. Prisca se tourne vers leur tristesse avec un regard nouveau qui leur demeure étranger, qu'elles prennent pour de la colère contre elles, parce qu'il est joyeux. Eliane n'a jamais rien désiré qui ne fût conforme au cœur de Véronique. Véronique n'a jamais dit non aux états d'âme parfois si sombres de sa mère. L'union de ces trois créatures moroses paraissait universelle et indissoluble. La joie de Prisca les fait souffrir, leur fait éprouver leur « différence » dans le monde, et presque les insulte.

— « Il s'appelle Godichon, commence-t-elle. Il est un peu plus jeune que moi. J'ai vieilli si vite entre vous trois. Il est plus petit que moi aussi. Il est comique, tout rose et blanc. La rondeur absolue de sa face est corrigée par une barbiche de bouc d'un blond fade. Véronique ne l'aimera pas, parce qu'il est gros et n'aime pas le jaune.

— De qui nous parles-tu ? » demanda Madame Pincengrain qui ne l'avait pas écoutée.

— « De mon fiancé. »

Prisca, qui aurait pu être une belle fille blonde, était devenue un peu maigre et pâle, à cause de la tristesse de ses sœurs et de sa mère. Elle eût pu être commune aussi dans son port, et, dans son âme, frivole ; mais une discrétion, un charme délicat la pénétrait toute, qui ne lui venait pas d'elle-même et se répandait sur ses actions ; il lui venait de l'atmosphère de ses réveils et de ses nuits, de la fermeté morale de Véronique, de la religion d'Eliane, auxquelles elle participait. La grande douleur de sa mère aussi, dont elle se souvenait toujours, consacrait sa santé et sa joie, se reflétait sur les beautés vulgaires de son apparence, sur ses cheveux dorés, pour qu'elle devînt une épouse par trop inespérée et comme « le paradis » de Godichon.

IV

Le dimanche suivant, Mesdames Pincengrain sont installées à leurs places respectives. Prisca va et vient autour des statues. Elle s'assied en face de sa mère qui a couvert d'une dentelle noire sa tête, et boutonné autour de son cou un foulard amidonné, simple et éclatant de blancheur. Véronique et Eliane sont dans leur deuil coutumier. Elles n'ont pas regardé leur mère pour disposer tout de même leurs mains comme elle, sur leurs genoux. Prisca porte un corsage de satinette rose. Dans ses cheveux étincelle l'unique bijou qui reste aux Pincengrain.

Mesdames Pincengrain se taisent, Prisca essaie de les préparer à la visite de Godichon et de sa mère. Elle dépeint celle-ci fantastique d'inconvenance et de vulgarité, faite comme pour signifier ce qui peut leur déplaire le plus au monde.

Prisca reste bien au-dessous de la réalité dans les poétiques exagérations qu'elle imagine sur un être inconnu. Entre Madame Godichon. Elle habite la province. Son voile de veuve, loin d'elle flotte, quand elle marche, et les volants antiques de sa jupe de moire font un bruit de fougères sèches dans le vent d'automne. Il faut qu'elle donne de grands éclats de sa voix, qu'elle s'accompagne d'un geste encore plus surprenant, sans qu'elle ait rien à dire. Voilà qu'elle se lève pour donner la comédie de ce qu'elle raconte ? C'est le mouvement perpétuel, une machine parlante. Elle éclabousse de salive les visages, bouleverse de la main les meubles, les objets, les membres qu'on expose encore assez loin d'elle. N'ouvre-t-elle pas l'armoire de Madame

Pincengrain, pour lui dire que celle de son fils est en désordre ? Elle soulève le jupon de Véronique pour affirmer que celui d'une Godichon est de soie, de la balayeuse au corselet.

Quand la Godichon est entrée, Prisca s'est avancée vers elle. Les trois Pincengrain se sont levées pour se rasseoir sans broncher. Elles n'ont pas encore dit une parole que la Godichon les a renseignées sur toute sa vie.

Godichon est gêné par tout le train de sa mère, d'autant plus qu'il ne s'est jamais trouvé en face d'êtres plus différents d'elle. Il pense à la douceur, à la modestie de Prisca, au silence qui l'environne et l'accompagne toujours, pour s'humilier, humilier sa mère et toutes les femmes devant sa fiancée. Il cherchait le secret de l'existence de Prisca et des fascinations qu'elle exerçait jusque dans les profondeurs de son être et sur l'inconnu en lui. Voilà qu'elle se détache en le bas-relief le plus simple et sombre, orné de trois saintes nimbées, comme une Vierge au lis. Il est moins étonné par elle, à cause de celles qui l'accompagnent. Il s'émerveille surtout de la parenté qu'il pourrait avoir avec des femmes si pâles et tellement silencieuses dont l'une demain serait sa mère, et les deux autres ses sœurs. Prisca le regarde avec tendresse pour l'encourager à espérer, malgré le découragement que leur donne le geste excessif de sa mère. Il imagine à peine que ces femmes puissent l'aimer jamais, être familières un jour avec le petit corps si gauche et grotesque du fils de la Godichon. Il les voit lointaines et impénétrables, inaccessibles, attirantes comme la Paix ou la Mort.

— « Je n'ai jamais approché, pense-t-il, que des

êtres faciles et sans mystère, dont on sait le prix et qu'on peut connaître. J'ai tellement vécu déjà. Comme on doit se reposer parfaitement entre leurs bras immobiles, tandis que Prisca irait et viendrait autour de nous, pour me servir. »

V

Le soir, Madame Pincengrain — quand on s'est tu longtemps, à cause de la fatigue que dispensent le bruit et la laideur, — demande à sa fille ce qui peut lui plaire en Godichon.

— « Il est plus petit que son frère, dit Prisca, plus laid, plus sot, moins aimé. Sa mère vient pour le marier; elle ne parle que de l'autre. Tout le temps qu'il m'a conté parallèlement les avantages de son cadet et ses propres disgrâces, j'ai haï son frère, et quand il a pleuré pour le mépris qu'il allait soulever en moi, je l'ai aimé. Je l'aime pour tout ce dont Dieu l'a privé et aussi parce qu'il vous a déplu et qu'il en a souffert, — pour toute la misère immense que peut porter au monde un petit être rose et blanc, comme Godichon, — et surtout parce qu'il est digne déjà que vous l'aimiez un jour, plus tard, quand il sera trop tard. »

Madame Pincengrain se tait.

Elle pense à une autre misère plus matérielle. Madame Godichon est peut-être fée plus riche que ridicule. Admirable est le traitement de son fils. Quand Madame Pincengrain s'en réjouit, elle ne songe pas à elle-même. Elle songe à Prisca et à ses deux filles — les tristes — qui seront peut-être gardées, par Godichon, de la faim.

VI

Le jour du mariage de Prisca est proche. Mesdames Pincengrain qui ne veulent pas donner en spectacle leur pauvreté à Madame Godichon, l'entretiennent tout le jour, les mains croisées sur leur poitrine, comme des femmes qui peuvent ne pas faire elles-mêmes leur vêtement. Dès que Madame Godichon est partie le soir très tard, elles cherchent au fond d'une mansarde la robe de la mariée, pliée en quatre dans un drap très blanc. Elles l'étendent sur leurs genoux décharnés et y travaillent toutes les quatre. Elles cousent ainsi jusqu'au jour sans défaillance. Quand la huitième nuit s'achève et qu'il va falloir se parer pour l'accompagnement des noces, elles ressemblent à des fantômes qui préparent un linceul. Leurs mains maigres, humides et froides, transparentes comme des nuages, leur paraissent lourdes et impossibles à soulever.

Chacune se trouvera mal à son tour sur le chemin de l'église : Madame Pincengrain, Véronique, Eliane. Le cortège trois fois s'arrêtera pour les attendre revenir de la mort. Prisca elle-même pâlira au bras de Godichon, à l'heure de l'office, — la plus solennelle.

VII

Godichon, qui faisait dans le monde la figure d'un jeune homme brutal et sacrifié, devient un mari heureux et entreprenant. Chez les Pincengrain, sans être incommodé par la tristesse des trois femmes, il prend l'attitude qui convient à son caractère et à ses expériences. Devant Véronique loyalement il affirme qu'il n'y a pas de bien dans le monde en dehors d'elle, — devant Eliane, que le catholicisme est une erreur, si elle est une sainte. Toutes les deux rendent hommage à la sincérité de Godichon. Toutes les quatre l'ont converti bientôt à la seule religion qui les intéresse, celle du désintéressement. Une communion d'idées, en même temps que le communisme le plus absolu, sont réalisés dans cette maison. Godichon dépose tout ce qu'il gagne entre les mains scrupuleusement soignées de Madame Pincengrain. Comme il ne peut plus vivre sans elle, ni loin de Véronique et d'Eliane, quand les indiscrétions de Prisca, insatiable amoureuse, ont lassé le désir d'un homme que la vie a déjà lassé, — il installe sa belle-famille dans un grand appartement qu'il partagera. Leur salle à manger sera riche, austère et artistique, presque religieuse, gothique.

Godichon a repeuplé d'oiseaux très gais les cages de sa belle-mère, et fleuri les douze fenêtres de l'appartement. Madame Pincengrain se croit revenue dans la forêt de sa jeunesse. Elle se lève de bonne heure l'été, avant que Prisca ne s'éveille, pour parler avec son gendre intimement. Sont-ils seuls et le jour point-il derrière les fleurs ? Godichon lui fait confidence de ses plaisirs. Au détour d'une phrase comme d'un sentier ensoleillé, elle rencontre Pincengrain et salue avec regret ce fiancé ancien et nouveau qu'elle n'avait pas connu. Si Godichon s'égare dans une église et parle sur la religion, elle lui accorde tout ce qu'il veut, — pourvu qu'il ne contrarie pas trop Eliane sur ce chapitre au déjeuner, et qu'il revienne bientôt à l'histoire de ses plaisirs, dont il s'abstiendra de faire mémoire au dîner devant Véronique.

VIII

Un soir de dimanche, Eliane est assise seule auprès de sa mère. Madame Pincengrain trône dans un fauteuil de bois sculpté, monumental, comme au fond d'une chaire à baldaquin. Trois degrés la surélèvent. Eliane, pour une fois, n'ira pas aux Vêpres. Elles disent à des intervalles réguliers toujours la même parole :

« Véronique va rentrer. »

Véronique revient d'un long voyage. Elle est fatiguée à mourir. Elle va tomber. Elle embrasse sa mère, sa sœur, et prend sa place en face d'Eliane, de l'autre côté de leur mère :

« J'arrive chez le curé du Monteil, après la messe. Il n'a pas voulu que père eût un enterrement chrétien. Je l'ai supplié. Il m'a rappelé toutes les fautes du mort qu'il appelait des crimes. Je lui ai dit que je les savais, que j'étais sa fille, que nous en avions souffert, que nous lui avions pardonné, que l'Église fasse de même. Comme je m'asseyais à ce moment un peu lasse, il se leva : « Et puis votre père a fait vendre mon presbytère aux enchères publiques » — Je me suis présentée à la mairie, pour réclamer le droit d'inhumer, sur la commune. Le Conseil municipal était réuni dans la salle des Fêtes. Monsieur Bidon, ceint de son écharpe tricolore à la place de père, m'a obligée à dire trois fois le nom de Pincengrain, quand il m'avait reconnue.

Vers midi enfin, je prenais la route des Sorbiers, pour rejoindre la maison où était le corps. Ce voyage de toute une nuit, après quinze ans d'absence, m'avait paru interminable : j'allais me retrouver en face de celui qui m'aimait tant.

— Comme il t'aimait ! » interrompt Madame Pincengrain, qui descend de son fauteuil et prend une chaise pareille à celles de ses filles, pour se rapprocher de Véronique.

— « Je marche longtemps. J'arrive au petit pont de pierre. Un bruit de pas presque nombreux vient au-devant de moi. Je lève les yeux. La bière sur la route s'avance, couverte d'un drap rouge, « la Libre-Pensée » entre les paysans. Elle est à deux pas de moi. Je pourrais la toucher de la main. On dirait qu'elle tremble sur les épaules des hommes. Elle va s'arrêter ? Elle passe, comme si je lui étais étrangère. Les paysans se découvrent devant moi. Je vais pour les suivre ; mais la Gerboise est là qui marche toute seule. Je m'appuie au parapet du pont. Des femmes que je ne connais pas, revêtues de longues mantes, soulèvent leur voile pour me voir. Quand elles sont au bout de la route, je me décide à m'avancer. Je ne pensais à personne qu'aux arbres qui dansaient loin de moi, de chaque côté de moi et à la route interminable qui remuait sous mes deux pieds. Au cimetière, je n'ai jamais été si lasse de ma vie. La Gerboise m'a embrassée. Il y avait avec elle deux enfants que je n'ai pas regardés, qui devaient être mes frères. Plus loin, j'ai rencontré sa fille Lucie. Je n'ai pas pu m'empêcher de lui demander quelle était la physionomie de père, quand il est mort. — « Il était devenu très gros, m'a-t-elle dit, et il ne se lavait plus. » Alors Madame Pincengrain tressaillit dans sa chair et son cœur qui allait se briser ne se brisa pas.

Les genoux des trois femmes se touchaient. Elles avaient reconnu le curé du Monteil, Monsieur Bidon le maire, la Gerboise, sa fille Lucie. Il n'y avait que cet homme, gros et malpropre, assis sur le banc de la Gerboise, devant sa porte, au pied d'une vigne pourrie, le soir, — qu'elles ne pouvaient pas reconnaître.

Comme leurs trois fronts se rapprochaient, Godichon entra. Il fit une pirouette et se saisit des mains de Véronique. Prisca et lui ignoraient la mort de « père ». Ses familiarités avec les membres précieux, soignés et tristes de Véronique, d'Eliane et de Madame Pincengrain parurent davantage ce soir une profanation. Godichon s'aperçut de leur recul et rabattit ses expansions sur Prisca qui en fut heureuse.

Mesdames Pincengrain pèsent tous les mots qu'elles emploient. Elles disaient de leurs morts qu'ils étaient « partis » et de Monsieur Pincengrain qu'il était « mort ». Godichon remarqua ce soir-là qu'elles dirent du père pour la première fois : « Il est parti. »

IX

Le jour anniversaire des noces de Prisca, Madame Godichon vient annoncer aux Pincengrain le mariage de son fils cadet. Il épousera Marie. Mesdames Pincengrain se taisent devant ce nom. Le silence de Véronique et d'Eliane n'étonne pas Madame Godichon, mais son fils aîné aurait-il appris l'indulgence envers son frère, le respect envers elle, une réserve sans exemple dans son passé, la politesse ?

Elle rend toutes sortes de grâces à ses éducatrices, quand Prisca commence :

« Cette Marie n'aura-t-elle pas été la fiancée de vos deux fils ?

— Une paysanne, dit Godichon, que le luron n'a pas voulue, que le distingué épouse.

— Pourquoi l'épouse-t-il ? dit Prisca.

— Parce qu'elle est blonde, parce qu'elle est sotte, ou parce qu'elle est dotée ? » interroge Godichon.

Sa mère se tait. Elle pense que son fils aîné a pris chez les Pincengrain un peu d'esprit et encore plus de méchanceté. Godichon continue :

« Il suffisait que les vingt mille francs de Marie ne sortissent pas de la famille. Je n'irai pas aux noces. Nous approuverions par notre présence un mariage intéressé, et je craindrais de retrouver dans la femme de mon frère ma fiancée d'autrefois. Question de délicatesse ! »

Madame Godichon supplie. Godichon résiste. Sa

mère trouve qu'on prend de la ténacité à vivre parmi des femmes silencieuses.

X

Madame Godichon est partie. Les Pincengrain et Godichon se sentent rapprochés parce qu'ils ont un sujet de conversation nouveau. Ils peuvent dire ensemble du mal de quelqu'un, du fiancé de Marie, et se moquer de Marie. Véronique fait mine de les retenir et pique des deux. Une ardeur joyeuse illumine le front des saintes, où perce la haine. Ils n'épargneront même pas Madame Godichon. Madame Pincengrain attaque : elle dit, pour flatter Godichon, que « cette femme, sa mère », ne parle pas leur langue, qu'elle ne sait pas le sens du mot « désintéressement », qu'il faut l'excuser, que lui-même l'a si bien appris. Mais Godichon a décidé de livrer le premier sa mère au sarcasme. Mesdames Pincengrain lui savent gré de cette générosité envers elles, du sacrifice qu'il leur fait de sa propre mère. Dans le mouvement de sa passion elles se sont levées pour l'entendre. Ému par la douceur amère de cette intimité de femmes, voilà qu'il leur conte deux ou trois anecdotes qu'il regrettera d'avoir dites, qui déshonorent son frère, atteignent sa mère dans l'honneur, feront la consolation de ces dames Pincengrain, dès que Godichon ne sera pas là, ou ne leur sera plus préférable. Elles pourront parler alors d'autre chose de plus profond que de la malpropreté du corps de Madame Godichon, qui est un sujet qu'elles ont épuisé. Elles ne voient pas encore que Godichon est malpropre comme sa mère. Elles s'apercevront bientôt que ces deux ou trois contes sont préjudiciables à son âme.

XI

Godichon ni Prisca n'iront pas aux noces de leur frère. Eliane seule, qui est innocente de tout, y représentera les Pincengrain.

Madame Godichon avait parlé d'un cavalier qu'elle lui donnerait, Godeau, le modèle des parfaits et de belle condition. Elle disait chez les Pincengrain que Godeau était fait pour Eliane, chez les Godeau qu'Eliane était faite pour Godeau. Elle appelait Eliane « mon tout » chez les Godeau, et Godeau « mon tout » chez les Pincengrain. A l'heure où Eliane s'en vient de la gare, escortée des Godichon pour assister aux noces de Marie, tous les Godeau sont sur le pas de leur porte, excepté Godeau. Il se tient derrière ses persiennes fermées, entre deux livres ouverts, l'un de philosophie, l'autre de religion, pour voir à travers les défauts du bois de la jalousie, passer une Parisienne qui pourrait bien devenir sa femme. Il lui reconnaît la chevelure d'or d'Aphrodite, mais les pieds un peu lourds d'une chrétienne.

XII

Quand Eliane sera revenue chez elle un soir, dans le lit de Véronique elle lui contera ses impressions. Elle ne lui dit pas que Monsieur Godeau lui plaît, mais : « Si tu savais comme

Monsieur Godeau te plairait. Il est grand, très mince, presque maigre. On voit les os de son visage. Il aime le jaune. Il a aimé la religion. Il fait le bien. Je me sens toute changée à cause de lui. Je ne vois plus les choses comme je les voyais, quand je ne le connaissais pas encore. Il parle de Dieu auquel il ne croit plus avec une ferveur qui a redoublé ma foi. Mais je suis surtout heureuse pour l'enthousiasme que te donnera Monsieur Godeau. Il expose dans sa chambre un crucifix, dont il compte les plaies devant vous. Il en dépeint la face, le corps, comme s'il les voyait vraiment palpiter. On pleure en l'écoutant. On croit que c'est Monsieur Godeau qu'on regarde souffrir sur la croix, tant il est ému. Tu deviendras pieuse à le connaître. Un soir au crépuscule, avec ses sœurs, il m'a conduite sur une montagne déserte, couverte d'ajoncs secs et de bruyères, où il nous a fait danser. Je n'avais jamais dansé ; et puis il nous a fait agenouiller vers le soleil disparu, pour dire notre « Pater ». Toujours il m'entraînait en avant, et les autres semblaient nous faire escorte. Personne ne l'intéressait plus que moi, et il semblait n'être occupé que de lui-même. Il parlait du soleil comme de son cousin. Jamais je n'avais regardé le soleil, avant d'avoir vu Monsieur Godeau. Je m'attendris chaque soir maintenant quand le soleil s'en va. Mais Monsieur Godeau donne surtout le goût de voir une lumière plus divine, qui pourrait être en lui, que je veux chercher en Dieu. »

XIII

Le lendemain, Godeau fit son entrée chez les Pincengrain. On le présenta d'abord à Véronique, comme à la plus instruite et au plus parfait modèle de l'idéal triste de la maison. Il accourait au-devant d'elle, l'âme travaillée de pressentiments infinis. Elle le voyait venir de l'éternité comme le soleil se lève au pied d'une colline qui porte une pauvre vigne et veut voir mûrir son fruit.

Tout le monde se fit leur complice, et la mère de Véronique et la mère de Godeau. Ils étaient faits pour se comprendre, répétait Madame Godichon. On les rapprocha, en attendant le dîner ; on isola leurs deux couverts à table. Ils eurent une conversation immédiate, intime et continuelle, oublièrent leur entourage, et avant le dessert parlaient d'enthousiasme, se montraient les images de leurs saints.

Godeau, entrant chez les Pincengrain, avait regardé Godichon, — comme un qu'il avait connu pitoyable dans leur petite ville natale et méprisé, — de ce regard que l'instruit, le distingué, le riche peut jeter sur l'ignorance, la grossièreté et le plus pauvre du monde. Il l'avait aussitôt, par son attitude, dominé dans son propre esprit et dans l'esprit des quatre dames Pincengrain.

Tout le temps que Véronique lui parlait, une nostalgie de l'âme d'Eliane travaillait Godeau. Il se sentait redevenir chrétien pour se rapprocher de la jeunesse. Véronique était une vierge par trop rassise déjà. La pointe maladroite que Godichon dirigea contre le christianisme acheva la conversion de Godeau.

Godichon n'avait pas d'autre vocabulaire que celui qu'il empruntait à son journal anticlérical. Il était heureux de pouvoir parler abondamment de quelque chose pour tuer le temps, et avec une compétence apparente devant Godeau. Le christianisme l'intéressait moins que la discussion et Godeau l'exaspérait plus que le christianisme.

XIV

Godeau, ramené au christianisme, par le concours d'Eliane charmante, de Véronique ennuyeuse et de Godichon exaspéré, veut retrouver le secret de « l'Admirable » pour les prosterner tous les trois devant lui-même. Il imagine des ascétismes nouveaux et leur donne en lui le spectacle de la perfection.

Eliane qui avait rêvé d'être aimée de Godeau, et qui l'aime plus que tout au monde sans le savoir, fait tout ce qu'il faut, constamment davantage, pour lui être le plus séduisante. Elle commence par se souvenir de Dieu et paraître oublier Godeau, ce qui est la perfection. Elle trouve Dieu en Godeau. Godeau trouve Dieu en elle. Ils sont ravis l'un dans l'autre, quand ils paraissent l'un de l'autre se détourner.

Véronique, qui n'avait su garder rien de sensible dans la conception de sa justice, est désemparée, quand il lui arrive d'aimer Godeau et d'être contrainte à réaliser la perfection pour lui devenir aimable. On ne peut aimer Godeau et rester parfaite. Véronique ne connaît pas le subterfuge de l'amour de Dieu, pour échapper au dilemme.

Eliane et Godeau parlent de Béthanie, et Godeau, comme à une Madeleine inconvertie, prêche à Véronique que Dieu vaut mieux que Godeau. Il essaie de le prouver. Véronique ne voit que Godeau. Le sentiment de sa propre imperfection devant la perfection de Godeau fait qu'elle cherche une place près de ses pieds.

Bientôt, elle est humiliée devant Godichon lui-même, par l'excès de sa passion pour Godeau. Elle soutenait à Godichon que le bien existe dans le monde ; il ne voulait le reconnaître qu'en elle ; voilà qu'elle ne peut plus soutenir le bien dans le seul refuge qu'il s'était gardé sur la terre. La conscience de cette obligation morale et d'orgueil qu'elle a contractée en face de Godichon la retient dans un devoir qu'elle ne se connaît plus. La peur même de voir Godeau s'éloigner d'elle lui donne l'héroïsme honteux de paraître mystique, — alors qu'elle ne peut l'être, — ou de la première hypocrisie.

XV

Prisca, qui avait eu jusqu'à ce jour le plus de joie parmi les siens, paraissait diriger ses sœurs et sa mère. On ne sait pourquoi Véronique s'est élevée maintenant au-dessus d'elle dans sa force. Elle commande aux battements des quatre cœurs.

Madame Pincengrain appelle Godeau « mon fils ». Véronique et Eliane l'appellent « mon frère ». On lui donne la place d'honneur. Godichon cire ses souliers et va lui porter un parapluie au bout du monde, s'il vient à pleuvoir et qu'on sache Godeau en apostolat.

Godichon voit moins la perfection de Véronique. Celle de Godeau l'éblouit. Il voit Godeau entre Véronique et Eliane, comme le soleil resplendit dans le désert entre deux palmiers.

Godichon troublé dans ses admirations devient malade. Il a souvent la fièvre. On l'humilie. Madame Pincengrain le suit sans cesse avec un linge pour essuyer la trace de ses pieds sur le plancher et l'endroit de la table où ses doigts ont passé. On lui dit devant Godeau qu'il est malpropre ; sa femme soulève les épaules, en le regardant, si parle Godeau. Si Godeau préfère un mets qui empoisonne Godichon, on empoisonne Godichon pour plaire à Godeau.

Godeau s'assied dans l'unique fauteuil à baldaquin ; ces dames ont pris les trois chaises sculptées ; Godichon cherche le tabouret.

Godichon ne discute plus le christianisme. Il en accepte la puissance mystérieuse. Il lui reconnaît une autorité douce, persuasive, il ne sait pas ? irrésistible, qui le prépare délicieusement à la mort. Il parle de « la Grâce » comme théologien. Lui, le petit nain trapu qui avait désiré de voir le géant le plus terrible de la terre, pour le défier et qu'on ne pût contester son courage ni sa force au moins, si on lui refusait l'intelligence et le charme, voilà qu'il rencontre un éphèbe pâle et sans muscles, qui d'avance l'a réduit.

XVI

Ce soir cependant, Godichon paraît souffrir de sa défaite. Godeau lui a dit un mot trop dur. Véronique ni Eliane ne l'ont pas regardé avec leur pitié habituelle. Parce qu'il a soulevé un peu trop haut vers ses lèvres le pied de Prisca, pour le baiser, Madame Pincengrain l'a menacé d'emmener ses filles et de se retirer de lui.

Godichon se met à parler très vite entre les trois femmes assises et devant Godeau, pontife étonné. Il expose un doute particulier, violent et subit qu'il éprouve. Godeau s'emporte, rétorque, objecte à son tour, convainc ces dames. Godichon se rabat sur l'esprit du christianisme où il découvre la haine de la vie. Il parle de l'hypocrisie de tous les chrétiens. Alors, Godeau veut se croire blessé. Il se lève. Il gagne la porte. Ces dames Pincengrain le poursuivent. Eliane a pris une basque de son habit. Prisca s'agenouille. Véronique l'accompagne jusque dans la rue, tandis que Madame Mère a fixé sur Godichon le regard le plus dur qu'elle eût eu jamais, — immobile, sans parole, ses bras en croix.

XVII

Le dimanche suivant, Godeau a voulu prendre le tabouret, humble aux pieds de Godichon qui est assis pour une fois dans l'unique fauteuil à baldaquin.

Ces dames les ont isolés solennellement tous les deux. Elles causent dans un coin de la grande salle autour de « la vieille demoiselle champenoise ». La vieille demoiselle est triste parce que Godichon, qui se moquait toujours d'elle, ne s'en moque plus. Ces dames commencent à dire qu'il est devenu plus docile, qu'il a beaucoup gagné en leur compagnie et surtout en celle de Monsieur Godeau, qu'il ne profère plus de mots grossiers et qu'elles peuvent lui laver le corps chaque matin, qu'il est sur le point de prier.

La tête de Godichon repose blanche, — tel un masque de plâtre, — sur un coussinet rouge sang en auréole de martyr. Elle s'incline sur son bras. Godeau continue le sermon. Prisca se lève. Godichon est mort.

TROISIÈME PARTIE

L'apothéose de Godeau

I

Godeau conduisit le deuil de Godichon. Tout le monde vit la couronne de roses naturelles démesurée qu'il lui fit faire. Véronique répéta une fois de trop que cette couronne était la plus belle. Prisca en conçut de l'impatience. Au repas des funérailles, Godeau prononça l'éloge de Godichon.

Mesdames Pincengrain qui comptaient sur le traitement de Godichon pour vivre, parlèrent, comme elles savaient, du désintéressement devant sa mère. Leur ton absolu devenait irrésistible, donnait la fièvre et le goût de les imiter jusqu'à l'hallucination. Madame Godichon crut faire un beau geste, en leur abandonnant tout ce que lui laissait le défunt. Elle invita son fils cadet à se conduire comme elle. Avant tout, les Pincengrain se souciaient de n'être les obligées de personne. Elles ne se souvinrent plus le lendemain que de la malpropreté de la Godichon et de trois anecdotes, qui la convainquaient, elle et son fils, d'indélicatesse.

Madame Pincengrain, avec l'argent de la Godichon, fit faire un grand portrait en pied de Godichon et dit que sa mère le pleurait moins qu'elle.

II

Un jour, Eliane vint vers sa mère et lui dit : « Je veux être religieuse. »

Sa mère pensa : « En voici une qui ne mourra pas de faim. »

Elle lui répondit : « Choisis plutôt un ordre cloîtré. On ne voit pas clair avec ces cornettes. Je ne serais pas tranquille. Tu te ferais écraser par une auto. »

Eliane, la nuit prochaine, dit à sa sœur Véronique, dans leur lit :

« Je veux être religieuse. Mère m'a permis. Je partirai, si tu le permets toi-même. »

Véronique sentit son cœur battre affreusement. Elle pensait :

« Enfin, je vais être seule avec Monsieur Godeau. » Eliane était toujours entre eux et Godeau la préférait pour sa perfection et sa jeunesse.

Véronique répondit à Eliane : « Il ne m'est pas loisible d'entraver une vocation. »

Eliane crut que sa sœur inconsolable pleurait, et pleura toute seule.

Prisca eut une pensée de vanité, à la nouvelle de cette résolution d'Eliane : « Pouvoir parler à ses amants de sa sœur Eliane qui est entrée en religion. »

Godeau éprouva un sentiment d'orgueil. Il comprit que cette jeune fille allait sacrifier, — pour lui prouver qu'il avait été à ce point persuasif et séduisant dans le spirituel, — toutes les joies inestimables, matérielles auxquelles il se proposait bien de revenir lui-même, sans tarder.

III

Madame Pincengrain seule vit avec un peu de colère Monsieur Godeau se pervertir. — « Puisqu'il en épouserait quelqu'une, il aurait pu choisir Eliane... Il en avait fait l'épouse de Dieu, c'était toujours cela. »

Madame Pincengrain restait surtout déçue, parce qu'elle avait cru longtemps trouver en Godeau quelqu'un qui fût parfait. Elle sentait bien que, depuis l'avènement de Godichon, son âme s'était dégradée, que Godeau l'avait relevée. Sans doute elle se disait qu'ils avaient épuisé, elle et Godeau, tous les thèmes de la religion et de la morale, dans leurs interminables causeries. Il lui parlerait maintenant de ses plaisirs. Elle y trouverait de l'imprévu, après ceux de Godichon. Mais aux lumières anciennes de Godeau, elle se reprochait cette perversité possible.

Prisca fronçait le sourcil devant l'apostat et profitait du mauvais exemple.

Véronique songeait : « Ses péchés ne vont-ils pas le rapprocher de moi, si sa perfection l'en éloignait. Il va me croire trop triste. Je vais faire entrer l'excentrique dans ma discrétion. Il sera séduit. »

Eliane priait pour Godeau.

IV

Madame Pincengrain ne croit plus au désintéressement de personne. Elle se remémore avec amertume tous les repas que Godeau a pris chez Godichon. Elle se rappelle qu'il montait quatre étages chaque matin pour lui soutirer un bol de lait.

Madame Pincengrain ne veut plus croire au désintéressement de personne. Quand Godeau prend des confitures, elle enlève le fromage. Il n'y avait que Godichon pour être désintéressé. Godeau a trop d'esprit pour jamais l'avoir été.

Le jour où Eliane devait entrer au couvent arriva. Godeau était debout près de la porte de l'appartement. Madame Pincengrain prenait son bras. Prisca et Véronique suivaient Eliane dont on avait lavé les cheveux. Cette chevelure d'un bel or allait retenir un instant le regard de tout le monde, avant de se dérober pour jamais sous le voile.

Eliane s'arrêta :

« J'ai oublié quelque chose. »

Elle disparut dans l'appartement. C'était la dernière fois qu'elle s'y trouvait. Elle allait faire ses adieux sans doute à chaque meuble, à chaque petit coin qu'elle avait aimé. Elle ne regarda rien. Elle avait oublié de garnir la lampe. Depuis l'âge de dix ans, elle s'acquittait quotidiennement de cette besogne. Quand on reviendrait le soir, qu'elle ne serait plus là, et qu'on parlerait d'elle, les deux sœurs, sa mère et Monsieur Godeau, il ne fallait pas qu'elle eût oublié de garnir la lampe qui éclairerait les siens.

Comme c'était Godeau qui payait la voiture,

Madame Pincengrain demanda qu'on allât visiter le Louvre et le Panthéon. « Eliane jamais plus ne les verrait. » Eliane se demandait comment cette femme, sa mère, avait le courage de lever la tête pour admirer des demoiselles peintes qui dansaient sur les murs d'un Temple autour de Godeau, — quand elle conduisait sa propre fille sous le ciseau du prêtre. Eliane voyait les plaies de Dieu qu'elle panserait toute sa vie, et rien d'autre.

Véronique et Prisca s'étonnaient douloureusement aussi des curiosités incompréhensibles de leur mère qu'elles ne pouvaient partager. Le masque de Madame Pincengrain se faisait plus dur. Elle pensait que le taximètre marchait, que Godeau lui remboursait un peu ses dîners.

Quand Eliane eut dit adieu à ceux qui l'accompagnaient, à sa mère et à Godeau, — la porte du couvent se referma sur elle. Elle la fit rouvrir.

Elle courait derrière Véronique. Elle lui remit son parapluie et les gants qu'elle portait.

— « Tu les utiliseras », dit-elle.

Cette démarche fait énigme.

Eliane, dans le jardin de la communauté, rencontra la Mère Prieure, qui lui dit : « Comme vous frappiez à la porte du noviciat, un homme mort qu'on nous apportait entrait par la porte de l'hôpital. C'est la bienvenue que Dieu vous souhaite. Venez laver le corps de l'inconnu. »

Eliane crut ensevelir le corps de Godeau.

V

Une vieille dame riche, malade et sourde eut besoin d'une garde. Véronique s'offrit à la soigner. Elle s'y rendait pour « passer la nuit » en robe de tulle noir, ses cheveux bruns lissés sur ses tempes étroites, un œillet rouge sanglant près du cœur.

Godeau devait venir la rejoindre un de ces soirs dans l'antichambre de la vieille femme qui se mourait. Un fauteuil de paille et une chaise faisaient tout l'ameublement de cette pièce aux murs nus et blancs, très hauts.

Véronique s'assit dans le fauteuil, ses pieds en croix, ses mains en croix.

Godeau imaginait le ventre de Véronique, — gros comme un œuf d'autruche.

Corps de femme jamais n'avait été plus aride, plus brûlant, plus desséché par le Désir, plus désertique. Les yeux de Véronique avaient mangé toute sa face pour mieux voir Godeau.

Longtemps Godeau calcula le mouvement qu'il aurait à faire, pour que sa tête reposât sur l'épaule de Véronique ou sur ses genoux sans s'être brisée. Il en étudia la trajectoire, compta jusqu'à dix.

La veilleuse tremblait. Véronique se demanda par quel miracle la tête d'un homme s'appuyait à l'épaule de la Maigreur et de l'Honnêteté. Il est vrai que c'était la tête de Godeau.

Elle la regardait sans l'oser toucher, et puis elle se mit à la repousser avec des caresses. Godeau ajouta à la répulsion de Véronique plus de sens qu'à ses caresses qui étaient si dures. Il se redressa.

Véronique dit, — qui n'attribuait de sens qu'à ses caresses :

« Oh ! Monsieur Godeau. Quelle honte ! Vous allez me croire pareille à elles toutes. »

Cérémonieux et froissé, Godeau proclama qu'elle ne l'aimait point.

Véronique dit : « J'ai encore ma mère. »

On entendit la vieille femme, qui se mourait, se retourner.

VI

Deux mois plus tard, Madame Pincengrain allait mourir. Godeau se trouvait auprès de l'alcôve de son agonie. Véronique lui parlait des persécutions dont elle était l'objet de la part de sa mère et de sa sœur, à cause de lui. Godeau expliqua :

« Elles sont jalouses de moi, parce que vous m'aimez trop. Si je prends des confitures, elles enlèvent le fromage. »

A ce moment, madame Pincengrain appela Godeau :

— « On ne sait pas toujours bien agir, monsieur Godeau. Godichon en est mort. La vie est difficile. Mon père, un vieux soldat de Napoléon, avait coutume de dire qu'il y faut souvent changer son fusil d'épaule. Je vous demande pardon, monsieur Godeau ; j'ai manqué d'égards envers vous et de bonté ces derniers mois, aux desserts. Tout le fruit de la douceur universelle que j'eus pour vous, durant trois années, est perdu. Vous ne vous souviendrez jamais que du mal que je vous ai fait ; et comme j'étais devenue méchante ! Ah ! si vous aviez connu mes jours de grande douleur, comme j'étais digne ! Je ne sais pas si j'ai cru à Dieu jamais. Bien peu des dévots mêmes y croient. Mais durant trois années j'ai cru en vous et que vous m'éleviez au-dessus de Godichon. Si vous n'êtes pas fidèle, il n'est pas possible qu'un autre le soit. Véronique va être seule au monde, monsieur Godeau, et vous êtes bien seul... »

Une quinte de toux, un évanouissement interrompirent les conclusions. Godeau essaya d'échapper aux inviolables promesses qu'on peut faire à l'oreille d'une mourante.

VII

Véronique causait avec Godeau.

— « Véronique ! » appelle sa mère.

Véronique causait avec Godeau. Il y avait huit jours qu'elle désirait sa venue. Celle qui n'a jamais dit « non » à sa mère, ne répond pas, quand elle l'appelle, à l'heure de la mort.

— « Véronique ! » appelle une autre fois sa mère.

Véronique causait avec Godeau. Il allait peut-être lui dire à cette minute le mot qu'elle attendait depuis trois années. Godeau la presse d'aller vers sa mère. Elle le regarde toujours.

— « Véronique ! » appelle une dernière fois madame Pincengrain épuisée.

Véronique se souvient que sa mère se meurt. Elle prend le soin de s'excuser auprès de monsieur Godeau, avant de courir vers le lit.

— « Va, va causer avec Godeau, lui dit sa mère.

Il est trop tard. Sache que tu m'as fait mourir d'impatience et d'indignation, que tu es la pire des filles. Godeau, Godeau,... toujours Godeau... »

Les yeux de Madame Pincengrain fixaient sur Véronique un regard terrible. Prisca essaiera toute la nuit de les fermer.

VIII

Godeau arrive chez Véronique. Elle se tient auprès de sa fenêtre depuis un an, pour le voir revenir.

— « Que Prisca est blonde ! pense-t-elle, depuis que mère est morte. Nous sommes grandes comme des anges, aussi grande l'une que l'autre. Il n'y a pas un ange noir plus noir que moi. Je crois que Prisca est la maîtresse d'un homme riche qui était le maître de Godichon et que Godichon haïssait... Bonjour, monsieur Godeau. »

— « Je viens de rencontrer Prisca au bras du vieux monsieur Prud'homme », dit Godeau. « Une veuve inconsolable, qui méprisait avant la mort de son mari toute préoccupation d'intérêt dans le mariage, — peut bien sans déroger accepter pour amant ce vieillard mort-doré. Il suffit d'être logique avec soi-même. »

— « J'avais peur de Godichon », dit Véronique. « Je lui avais si souvent affirmé que le bien existe sur la terre. Je me devais de le lui laisser croire jusqu'à la fin. J'ai eu peur d'Eliane ensuite. Elle me rendait mon image, quand je ne me souvenais plus de moi déjà ni de la justice. Elle m'obligeait à un respect nouveau de moi-même, quand je la regardais. Et puis, j'ai eu peur de mère, jusqu'à l'avoir désespérée et que légère me fut sa malédiction. J'ai eu peur de Prisca enfin, pour le mauvais exemple que je lui aurais donné... »

— « Godichon n'est plus, dit Godeau. Eliane est sauvée. Votre mère est morte. Prisca est perdue... »

Véronique cherche dans son porte-monnaie une lettre de Godeau qui lui paraît excitante. Elle trouve la lettre de petit Robert : « Ce matin, j'ai fourbi le sabre de papa Lecœur, pour tuer la Gerboise, quand je serai grand. »

— « Il me semble », traduit Véronique, « que père m'entraîne vers lui, que je vais retrouver l'indulgence qui lui convient, à lui ressembler. Il m'aimait tant. Je relève les péchés de Pincengrain, en les accordant à la beauté et à l'esprit de Godeau. »

Godeau s'écrie : — « Il n'y a plus personne entre toi et moi. »

— « Il y a encore le Dieu de Godeau », dit Véronique. « Je n'ai jamais cru tout à fait qu'au Dieu de Godeau. »

— « Godeau, dit Godeau, ne pouvait que faire semblant de croire à Dieu, pour distraire un moment de ses solitudes. Dieu est le plus parfait jouet d'un homme d'esprit, — qui le prend et le laisse, quand il veut. »

— « Jusqu'à ce qu'il en ait pris lui-même la place », dit Véronique.

MADEMOISELLE ZÉLINE

OU

BONHEUR DE DIEU

À L'USAGE D'UNE VIEILLE DEMOISELLE

Si ton œil s'éteint, tout ton corps sera dans les ténèbres. Si donc la lumière qui est en toi est ténèbres, combien grandes seront les ténèbres !

(MATH. VI, 23.)

Mlle Zéline habitait avec sa sœur dans une petite maison neuve de la route de Limoges. Elle ne s'était pas mariée, pour être sûre d'être heureuse. Elle s'était dit qu'elle aurait toujours au monde assez d'une chambre, d'un peu de lait, de miel, de quelques fruits et de pain. Après le mariage de sa sœur, sa cadette, ce fut avec une espèce de triomphe qu'elle assista à toutes les catastrophes qui la désolèrent : — « Je t'avais bien prévenue », disait-elle impitoyablement à celle-ci, devenue veuve, quand sa fille unique prit le voile : — « Faire dépendre son bonheur d'un autre que de soi-même, c'est n'y avoir plus droit. »

On les rencontrait tous les jours toutes les deux sur le trottoir de la Providence ou dans le voisinage le plus prochain du couvent qui se trouvait sur la même route et sur le même alignement que leur maison. Jamais on ne les voyait nulle part ailleurs ; elles n'y avaient pas affaire. Les cérémonies de la chapelle, les réceptions du parloir conventuel semblaient les intéresser, et rien d'autre au monde. Sœur Stanislas Kostka était leur unique préoccupation extérieure, — non pas que Mlle Zéline lui fût attachée; Mlle Zéline n'aimait personne outre mesure; Mlle Zéline n'aimait personne. Elle accompagnait seulement partout Mme Georgeret, sa sœur, pour lui prouver à toute occasion qu'elle n'avait eu aucun avantage sur elle à ne pas rester fille. Mme Georgeret, soucieuse de sa paix, en convenait. Elle n'était pas née pour la discussion. Elle aimait cependant beaucoup le souvenir de son mari, si triste qu'il fût, et l'existence quelque part — si lointaine et séparée d'elle qu'elle se fût faite, — de sa fille Stanislas Kostka.

Mlle Zéline était soignée à la passion sans coquetterie, par un raffinement d'égoïsme. Elle organisait sa garde-robe comme sa cuisine et sa cuisine comme son cœur. Il lui suffisait qu'elle pût avoir toujours le nécessaire. Mme Georgeret avait le goût d'un peu de luxe et de parure, sans rechercher la propreté en maniaque. Mlle Zéline fût morte de manquer d'eau quelque matin pour sa toilette. Ses ablutions duraient une heure. Celles de Mme Georgeret ne dépassaient pas quinze minutes; mais Mme Georgeret eût été très malheureuse de manquer de perles de verre pour coudre sur ses mantilles. Mlle Zéline avait découvert à treize ans que les perles de verre ne sont pas toujours à notre disposition, comme l'eau. Toute sa philosophie tenait dans cette remarque. Mlle Zéline et Mme Georgeret étaient de la même taille, Mlle Zéline plus maigre, Mme Georgeret plus forte. Celle-ci avait la prestance d'une reine, celle-là en avait le caractère. Mlle Zéline portait une robe noire, toute droite, de laine l'hiver, de coton sec l'été. Elle jetait un collet uni, à partir de Pâques, sur ses épaules, parce qu'il ne convient pas d'aller en taille, quand on a cinquante ans passés, — la chaleur vous suffoquerait-elle ? — et à partir de la Toussaint, un collet garni de chèvre de Mongolie séculaire, à la façon de l'hermine un peu mangée des vers du camail des chanoines. Les robes de Mme Georgeret étaient de soie ou de velours, et ses rotondes bien capitonnées à l'intérieur s'agrémentaient pour le plaisir de la galerie de cols de fourrures, de brandebourgs, de soutache, de broderies d'or, d'appliques rococo, de transparents de tulle grec, de tomboules, de pampilles de jais, comme la housse d'une châsse. Mais Mme Georgeret était attachée surtout à sa fausse perruque blanche qui lui donnait des airs de marquise dans ce canton inconnu, quand Mlle Zéline plaquait sincèrement sur son front droit deux dents très blondes semées d'argent et tordait sous l'arcade en laiton de sa petite capote nue, immuable, un chignon très lisse de véridiques cheveux roux décolorés.

Il fallait trois services à Mme Georgeret pour vivre. Avec quel plaisir Mlle Zéline savourait-elle devant sa sœur, sur une serviette étendue très blanche près de ses genoux, la peine de toutes les abeilles et la consolation de tous les veaux de la terre ? C'était pour être sûre de ne manquer jamais de lait ni de miel que Mlle Zéline se privait ainsi volontairement de tout le reste.

Mlle Zéline n'aimait personne par principe, par orgueil peut-être, par ignorance, qui sait ? par sagesse, croyait-elle. Elle semblait ne pas connaître l'Évangile, quand elle suivait chaque matin la messe de la Providence. Tout le reste du monde lui était indifférent, hormis elle-même. Il n'y avait au monde que Dieu et Mlle Zéline qui comptassent, et Dieu à cause de Mlle Zéline. Le reste des hommes était si ridicule, si vain, si vil, si attaché à n'importe quel plaisir, si insoucieux de son vrai intérêt, si peu réglé, si mal prudent, si déraisonnable qu'on n'avait plus aucun devoir envers personne. Mlle Zéline et la Providence au moins savaient prévoir et préparer l'avenir de Mlle Zéline. Mlle Zéline était sûre qu'elle ne serait jamais malheureuse. N'avait-elle pas tout fait pour cela, renonçant à l'universel superflu, attachée qu'elle se trouvait être à l'unique nécessaire, à elle-même ? De Dieu même elle ne prenait que l'essentiel. Pourquoi se serait-elle embarrassée de dévotions inutiles, de terreurs surérogatoires ou prématurées ? De Dieu elle ne conservait que la Providence de Chaminadour avec laquelle il importait d'entretenir de bonnes relations, qu'il était utile de ménager pour ne rien compromettre et n'avoir rien négligé, pas même l'au-delà encore qu'incertain de Mlle Zéline. De la somme de ses devoirs elle retenait simplement, pour simplifier, l'indispensable des premiers et les troisièmes, ceux-là dans leur intégrité. Que la ligne de cette vie était donc belle, droite, unie ! Mlle Zéline voyait-elle quelqu'un tomber sous ses yeux dans un malheur peu commun, elle le touchait avec son pied et souriait d'un air impitoyable de supériorité intérieure : — « Encore un qui n'a pas su s'arranger ». L'Enfer aussi bien devait être pour les autres, et du haut de son prie-Dieu de bois blanc, dans la chapelle de la Providence, Mlle Zéline regardait les dévotes et sa sœur user inutilement leurs genoux sur les dalles du chemin de la Croix, qu'elle n'avait jamais entrepris de suivre elle-même.

La route de Limoges était aristocratique. Elle serpentait dans un superbe isolement, autour d'une colline écartée. La Providence en était le plus bel ornement parmi les chalets coquets et les bicoques plus humbles de petits rentiers bien propres. Mlle Zéline, Mme Georgeret faisaient partie de la route de Limoges. Elles tenaient si étroitement à la Providence et leur petite maison, un simple rez-de-chaussée à quatre pièces, couvert de tuiles, cadrait si bien avec elles deux et avec l'ensemble des autres demeures tranquilles de la route.

Elles sortaient aux mêmes heures. Ceux qui se tenaient derrière leur vitre ou dans leur petit jardin bien ratissé, entre la maison de ces dames et la Providence, avaient fini par se régler sur elles. On disait : — « Mlle Zéline revient de la messe. Mlle Zéline descend aux vêpres. » Et chacun jugeait par là s'il était en avance ou en retard sur le soleil.

On parlait peu de Mme Georgeret. Elle semblait « compter pour beurre », comme disent les enfants dans leurs jeux, s'ils ne prennent pas au sérieux quelque petit frère, — ne compter que pour une ombre, pour l'ombre débordante de fantaisie de l'austère Mlle Zéline. Mieux vêtue, elle suivait un régime plus tonique, mais on avait cessé de l'entendre dès que Mlle Zéline parlait, et quand elle accompagnait Mlle Zéline, on ne la regardait même pas. Or, il n'arrivait jamais que Mme Georgeret sortît seule, et si on la consultait sur quoi que ce fût en l'absence de sa sœur, elle répondait : — « Mlle Zéline vous le dira. »

Mlle Zéline rappelait quelquefois le souvenir de

leur père. Ancien méhariste, il avait volontiers dans un désert souffert de la faim et de la chaleur, mais il ne pouvait supporter la moindre contrariété de la part des hommes. Son indépendance forcenée avait nui à son avancement. Mme Georgeret l'en blâmait. Mlle Zéline avait voué à son père un culte de parti-pris. Sans doute son âme de vieille fille s'était-elle attardée, avec celle de l'officier errant à dos de dromadaire dans les zones les plus intimes de l'Afrique ? Elle regardait tous les rentiers de la route de Limoges un peu comme des Hottentots autour d'elle. Les tilleuls, qui l'escortaient avec leur banc de pierre, formaient des oasis jusqu'à la Providence, qui était une sorte d'Équateur, où l'on ne dépendait plus que de Dieu et de soi-même.

Comme elle avait vite fini, quand on lui posait une question indiscrète, de renverser son interlocuteur d'un seul mot dur et strident. Toutes les questions d'ailleurs lui semblaient indiscrètes et elle n'en posait elle-même à personne. On disait tantôt qu'elle manquait de bonté, tantôt qu'elle manquait de curiosité, qui sont le plus souvent chez le vulgaire une même chose.

Mme Georgeret s'était habituée à se désintéresser de tout, pour s'acclimater au désert de sa sœur. Elle cultivait cependant en cachette quelques amies particulières que Mlle Zéline excommuniait. Elle les recevait pendant les vêpres que Mlle Zéline, peu dévote mais très exacte, ne manquait jamais, quand Mme Georgeret, très dévote mais peu exacte, s'en dispensait. Mlle Zéline et Mme Georgeret n'étaient pas de la région où la vocation de Sœur Stanislas Kostka les avait conduites sur la terre, aussi les amies de Mme Georgeret n'étaient-elles que les voisines de son prie-Dieu ou des parentes de religieuses croisées autour des grilles, le dimanche, dans le parloir de la Providence. Il n'y avait aucune familiarité, aucune débonnaireté, à peine y avait-il quelque liberté entre elles. Il eût été difficile à Mme Georgeret de leur offrir le thé par exemple, sans que Mlle Zéline s'en aperçût et s'en fâchât. Mme Georgeret aurait bien aimé cependant ne pas leur être si étrangère, mais quand elle avait essayé de les réchauffer une heure le dimanche, pendant les vêpres, Mlle Zéline les glaçait toute une semaine. Le souvenir de la vie de famille, des premières caresses et des dernières paroles, si douces, de son mari, de quelques matinées de printemps où Stanislas Kostka, insoucieuse encore de Dieu, toute jeune courait comme une chèvre blanche dans un petit jardin artificiel perpétuellement rempli, au fond de l'âme de Mme Georgeret, — de soleil, de fleurs et d'oiseaux, — entretenait son inclination à voir toujours les enfants des autres ou de jeunes mères inconnues et à entendre parler des mariages, des baptêmes que l'on célébrait dans la paroisse.

Un beau soir, — c'était l'été, — sous la charmille du jardin de la Providence, d'une maladie de poitrine, mourut Stanislas Kostka. Mme Georgeret crut n'avoir plus de raison d'être sur la route de Limoges; pour se fixer définitivement quelque part où elle pût aimer encore quelqu'un, elle mourut. Mlle Zéline était seule. Elle ne s'en plaignit pas. Mince, toujours guindée, si propre qu'une goutte d'eau l'aurait suivie par sympathie, elle menait son train, toujours le même, sa tête droite, un sourire d'or piqué au coin de la lèvre, sans prendre garde au reste du monde.

Les amies de Mme Georgeret avaient essayé de venir après vêpres la distraire. Elles comprirent qu'elles ne réussissaient qu'à l'ennuyer. Mlle Zéline n'avait besoin de personne pour être heureuse. Mlle Zéline n'avait besoin de personne. Elle savait ce qu'elle avait à faire à chaque seconde. Le matin, dès six heures, au retour de la messe, elle brossait son lit. Elle disait l'office de la Vierge, pour se reposer, sur les huit heures. Puis elle nettoyait un mètre carré de son parquet ; alors, on aurait pu voir Mlle Zéline s'avancer sur les genoux chez elle jusque dans le dernier recoin d'ombre, armée d'une bougie, d'une loupe et d'un grand renfort d'épingles à cheveux et à tricoter de toutes les tailles. Il y avait seize pans de murs autour d'elle dans sa petite maison, — qui lui fermaient le monde. Deux heures par jour, elle dansait régulièrement devant deux d'entre eux choisis à tour de rôle, pour les astiquer aussi bien que les meubles, cadres et bibelots qui y attenaient. Ainsi était-elle sûre d'avoir, sans faire un geste inutile malgré beaucoup de cérémonie, touché, mesuré, compté, visité, entretenu, à la fin de la semaine, tout ce qui lui était soumis sur la terre. A date fixe, quand la saison allait changer, elle montait jusqu'au dernier degré d'une petite échelle archaïque, très jolie, en bois sculpté, pour changer les rideaux de ses fenêtres, des deux lits et passer un torchon sur les plafonds et les ciels. Avait-elle achevé de mettre de l'ordre autour de l'Ordre qui régnait au fond de son cœur, elle s'asseyait dans un grand fauteuil en face de son jardin intérieur que dominait une montagne. Quelquefois, le soir, devant la nuit, elle lisait la Bible ou Robinson Crusoé.

Les rentiers de la route de Limoges prétendaient qu'à soixante ans elle n'avait pas ri encore ni pleuré, parce qu'elle n'avait pas de rides.

Cependant peu à peu sa vue se troubla ; elle voyait, précurseurs terribles, des éclairs inexplicables sillonner les murs de sa chambre dans l'obscurité, dès qu'elle ne dormait plus.

Un beau jour d'été, assise dans son grand fauteuil de paille, comme elle fixait les roses de son petit jardin à midi, elle se sentit devenir aveugle. Les roses qu'elle fixait, le soleil qu'elle venait de voir se brouillèrent subitement ensemble, se fondirent en un grand disque rouge qui sombra lui-même bientôt devant elle, entre ses deux mains, sur ses genoux, dans une éternelle nuit.

Elle tâcha désespérément à regarder encore une fois le monde ; il s'était effacé. Elle se frottait les yeux. Le Monde est comme un ange devant la face du Juste. Elle le rappelait. Inutilement. Mlle Zéline restait dans les ténèbres intérieures, toute seule, seulement vivante.

Elle distingua la montagne au loin, telle une ombre aimée à travers un voile épais, implacable, quelques jours. Les objets les plus prochains, ses mains ne lui étaient plus du tout visibles. Elle cherchait à les voir ; elle les cherchait tout le jour aux extrémités de la terre, quand elle savait bien qu'elles étaient là devant sa face ; elle se demandait si ses ongles étaient propres avec une angoisse qui s'ajoutait à sa plus grande torture et l'on aurait pu la surprendre qui les portait toutes les heures, comme elle en avait coutume, comme on observe un rite personnel, près de ses yeux, quand depuis longtemps ses yeux étaient morts.

Alors elle essaya, malgré la difficulté infinie, avec une espèce de colère, de se retrouver elle-même parmi l'hypocrisie de tous ses meubles cachés; à la fin, il lui sembla qu'ils se jouaient d'elle, qu'ils jouaient à se dérober; elle les poursuivait. Mlle Zéline finit par se laisser prendre au plaisir de ce colin-maillard douloureux qu'elle menait à huis-clos. L'essentiel était qu'elle continuât ses habitudes chères avec la même régularité qu'elle avait observée toute sa vie, — sans avoir besoin de personne.

Après tout, que lui était-il arrivé? Presque rien. Elle était entrée en elle-même davantage. Elle était un peu moins distraite. Était-ce bonheur ou malheur? Elle était un peu plus seule. Excepté Mlle Zéline tout le monde s'en fâcherait. C'était donc bonheur. Elle ne voulait pas convenir que ce fût malheur.

Ses provisions s'épuisèrent. Elle ne pouvait sortir de son domaine sans tomber. Un soir, elle n'avait plus de pain; elle avait faim depuis longtemps; elle dut appeler. Ce premier cri lui tarauda le cœur. Voilà que Mlle Zéline avait besoin de quelqu'un, de quelqu'un de la route de Limoges. Elle eût préféré avoir besoin de quelqu'un des extrémités du monde, où reposaient ses deux mains, depuis qu'elle était aveugle; c'était moins loin d'elle-même. Il eût été moins humiliant de le déranger.

La Providence où elle aurait pu espérer d'avoir une place à l'infirmerie, en souvenir de Stanislas Kostka, venait d'être laïcisée. Les plus proches de ses voisins, par elle autrefois les plus méprisés, ceux dont elle se méfiait le plus, parce qu'ils risquaient davantage sans doute de lui être utiles, — croyaient

Mlle Zéline très riche. Ils lui proposèrent de venir prendre pension chez eux. Elle n'avait pas le choix. Elle accepta. Durant qu'on dilapida ses économies, on la servit dans sa chambre. Elle y vivait sans bouger, comme une relique. Elle y prenait plaisir encore à se passer de tout ce qu'on ne lui proposait pas ; c'était son luxe. Une petite Sœur des malades venait tous les samedis faire sa toilette. Ne se fiant à personne, Mlle Zéline ne pouvait jamais être sûre que ses ongles fussent propres : elle présentait toujours d'heure en heure ceux de ses mains devant ses yeux vides ; on eût dit qu'elle leur faisait la moue. Plus blancs que la nacre, elle n'osait pas les approcher d'elle et elle écartait ses deux pieds l'un de l'autre, comme s'ils eussent réciproquement redouté leur contact. Son propre corps dont elle ne pouvait pas vérifier la netteté lui répugnait ; elle essayait de le maintenir le plus loin possible d'elle-même.

Quand elle fut tout à fait ruinée, au bout de trois ans, comme les enfants de son hôte avaient grandi, il fallut bien leur donner à chacun une chambre. On dit à Mlle Zéline qu'on étendrait un lit pliant le soir dans la cuisine pour elle, dès que tout le monde serait couché ; et on lui retira la solitude, où elle s'était accoutumée à être heureuse quand même, à force d'orgueil. La religieuse ne vint plus le samedi. Tous les matins, une domestique dont elle n'avait jamais vu le visage, la vêtait brutalement, avant que personne fût levé, et la débarbouillait avec un linge, on ne sait où ramassé, qui sentait le graillon ou le moisi. Le cœur se soulevait au-devant de la serviette. Mlle Zéline n'esquissait pas un mouvement de recul. Il valait mieux éviter que cette fille invisible lui infligeât par surcroît le supplice de se faire entendre.

Dès qu'elle était prête, on la sortait de la maison. Exposée sur un banc de la cour, tout le temps qu'on changeait de place le désordre à l'intérieur, Mlle Zéline se représentait son visage très laid avec des rides et des larmes toutes remplies de crasse dans le regard des passants dont elle entendait le bruit des pas devant elle. Ce visage qu'elle ne s'était jamais connu la gênait; elle était tout intimidée, toute moite à cause de lui; elle en avait honte.

S'il pleuvait, on la rangeait sous l'auvent d'où elle entendait la multitude des gouttes résonner distinctement qui sur le zinc, qui sur les pavés, qui sur les vitres, telle une symphonie réglée d'avance, pour la distraire, par quelque sorcier. Elle songea certain jour à venir présenter son affreux visage, — où elle imaginait que se cachaient plusieurs monstres quelque part sournoisement dans un repli de la peau, au pied d'un cheveu, — et ses mains à l'ondée du ciel pour les rafraîchir, les laver, mais on l'eût grondée, malmenée, moquée peut-être pour cette délicatesse. Mieux valait n'avoir affaire à personne. Mieux valait n'avoir affaire qu'à la vermine.

L'été, les enfants du quartier venaient jouer dans la cour. Elle les entendait crier autour d'elle, bien plus fort qu'ils ne criaient pour le reste du monde; ils déchiraient son tympan et puis menaçaient sa pauvre âme douillette, toute recueillie en elle, si fragile, comme une bulle de verre ou de savon. Bien souvent, quand ils s'amusaient à cache-cache, ils venaient, sans lui en demander la permission, mettre leur tête en sueur sous son tablier, quelquefois entre ses mains ; elle ne résistait pas. Ou bien elle servait de but : alors, ils devaient venir en courant la toucher, comme une borne immobile. Elle prévoyait qu'ils allaient s'élancer chacun à son tour contre elle ; ils manquaient chacun à son tour de la renverser. Elle devait se retenir au volet qui était derrière sa tête, et si ses mains, cherchant l'espagnolette, rencontraient le rosier du mur, elles s'y déchiraient en passant.

La servante inconnue qui avait une voix terrible et des mots endormis au coin des lèvres qui faisaient peur à Mlle Zéline, l'avait-elle reconduite à sa place, dans la cour, sur le banc de bois, après le déjeuner, — il arrivait qu'on l'y oubliait. La porte de la maison était fermée à triple tour. Les enfants jouaient dans quelque bois ; il faisait si chaud. Le soleil et Mlle Zéline étaient tout seuls en face l'un de l'autre. Lui, comme un grand monstre vermeil la prenait toute entre ses griffes et jusque dans ses ailes de feu ; elle l'avait vu venir ; il faisait un petit point rouge à l'endroit de ses yeux d'abord, comme du côté de la porte de la cour ; elle en avait frayeur et essayait de reculer contre le mur, plus près du rosier sauvage. Mais le petit point rouge grandissait, grandissait, l'envahissait. Elle sentait son corps brûler, surtout aux mains et au visage qui étaient nus. Elle se levait ; elle se mettait à marcher autour de l'enfer, pour le fuir à tâtons, pauvre nuit s'appuyant aux murs, tout illuminée. Mais le soleil partout suivait Mlle Zéline, qui rencontrait enfin régulièrement à une certaine place de sa pensée son père, le méhariste. Alors, tout heureuse encore une fois, quoiqu'elle eût en vain parcouru le cycle diabolique, Mlle Zéline reprenait entre les ailes de feu du Chérubin sa place immémoriale sur le banc de bois au fond de la cour, qu'elle avait surnommée, pour l'agrandir un peu et pouvoir l'aimer, son « Sahara ».

Les hôtes de Mlle Zéline se lassèrent bientôt de sa présence, si discrète qu'elle fût. Cette ombre à la porte de la maison toute la journée et le lit-cage dans leur cuisine toute la nuit leur rappelaient trop fort la dilapidation qu'ils avaient commise. Ils suggérèrent à Mlle Zéline, à force de tracasserie et de négligence, le désir d'être admise à l'hôpital.

Une amie de Mme Georgeret fit toutes les démarches nécessaires. On installa Mlle Zéline dans une petite chambre, en souvenir de Stanislas Kostka. Le tintement du chapelet des Sœurs de la Charité de Bourges qui allaient et venaient près de son lit, la persuadait qu'elle venait d'entrer dans la chapelle de la Providence où elle avait son prie-Dieu de bois blanc, au milieu de la grande allée, bien en face du chœur. Durant sept jours, Mlle Zéline se crut établie définitivement en Paradis ; on la lavait avec des linges qui sentaient l'acide phénique. Cette odeur désagréable de la mort la reposait du graillon et du moisi. Et puis Mlle Zéline était sûre désormais qu'elle n'entendrait plus rien de vulgaire avant de mourir, qu'elle mourrait, si bien élevée elle-même, parmi la discrétion des gens « comme il faut ». Les passants de la route de Limoges ne verraient plus son visage exposé sur le banc de bois de la porte des autres.

La guerre éclata. Un lit d'hôpital devint un luxe très réservé. Il fallut sur l'ordre du médecin-chef transporter tous les malades ou infirmes dans une salle commune. On plaça, par une intention secrètement maligne de la Providence, Mlle Zéline entre une épileptique et une scrofuleuse purulente. Chaque fois qu'on pansait à sa droite les tumeurs éclatées et gangrenées de la scrofuleuse, une exhalaison horrible s'avançait vers Mlle Zéline, couvrait ses mains, emplissait sa bouche, pénétrait dans ses narines, atteignait son âme. Ses membres, ses draps avaient fini par en être imprégnés ; cette odeur lourde, épaisse comme de petits nuages tangibles et gluants l'obsédait, se prenait à la moindre de ses pensées et à tous ses sentiments, au point que rien ne pouvait l'en distraire. Cependant, d'heure en heure, à gauche, s'élevaient des cris inarticulés, angoissés, étouffés, semblables à un aboiement immonde de bête noyée et bientôt une masse humaine roulait jusque sous le lit de Mlle Zéline, quelquefois jusque sur son lit. Mlle Zéline se demandait ce que ce pouvait être. La seconde nuit du séjour de Mlle Zéline dans le commun, l'épileptique, après une chute mêlée de délire, se trompa de lit : elle voulait monter dans celui de Mlle Zéline qu'elle prenait pour le sien. Mlle Zéline longtemps résista et enfin à demi évanouie de l'horreur d'une telle promiscuité, sentit se glisser tout contre elle-même le long de ses jambes nues, un corps velu et mouillé, comme celui d'un chien tout tremblant et dont les dents claquaient. Le surcroît d'épouvante qu'éprouva sa pauvre main gauche d'aveugle, nacrée, si délicate, si distante autrefois, — à la rencontre, sur son propre oreiller, d'une bouche inconnue, affreuse, crispée, couverte d'écume, lui fit retrouver la force de crier. Les gardes accoururent. On apportait de la lumière. Dans le même lit étroit, Mlle Zéline et l'épileptique étaient inanimées toutes les deux, leurs deux visages séparés par la seule épaisseur de la main de l'aveugle.

Le lendemain, Mlle Zéline ne voulut accepter aucun mets ni cordial. Toute la journée, elle pensa à sa vie, à cette volonté d'être heureuse qui était née avec elle, à sa prétention de rester lointaine, indépendante et seule au monde jusqu'à la fin. Son obstination à n'aimer personne ne l'effraya pas. La Providence qu'elle n'avait pas négligée, quand elle était heureuse et voyait, avait-elle réussi à la convaincre de l'ennui d'être Mlle Zéline qu'elle avait entrepris dès sa jeunesse de ne connaître jamais? Mlle Zéline ne pouvait s'empêcher de se rendre ce témoignage qu'elle était différente de ce monde qui l'avait recueillie, soignée ou désolée et qui derrière sa cécité, continuait à l'accabler d'une présence invisible, si cruelle et honteuse, implacable, scrofuleuse, épileptique. Le sentiment de la dignité qui lui venait de la qualité morale et de l'extrémité de sa douleur, la consolait.

Le soir, elle ne voulut pas s'endormir, tant son appréhension subsistait du monstre qui dormait en elle-même, un peu à gauche, mêlant le blasphème à des tortures assoupies. La tumeur silencieuse qu'elle portait à droite exhalait son odeur encore plus écœurante, intolérable, totale, une odeur du monde entier. A peine cependant, malgré elle, Mlle Zéline s'était-elle sur le minuit abandonnée au sommeil comme à une volonté irrésistible de Dieu que ses pauvres bras d'aveugle s'entrouvrirent tout grands sur la couchette. Mlle Zéline rêvait qu'elle était sur le Golgotha, crucifiée entre une épileptique et une scrofuleuse, mais elle n'était plus aveugle et elle savait tout; elle n'était plus Mlle Zéline : elle voyait le soleil à sa droite au-dessus de la scrofuleuse et la lune s'était fixée à sa gauche au-dessus de l'épileptique. Les deux astres répandaient une douce lumière qu'elle reconnaissait. Les roses de son petit jardin fleurissaient au pied de sa croix; elle les regardait avec douceur comme jadis, quand elle était assise tranquille sur un grand fauteuil de paille dans la porte de sa chambre. La tumeur de la scrofuleuse à sa droite n'exhalait plus son odeur, mais des parfums délicieux de vin chaud et de pain brûlé qui embaumaient le ciel. L'épileptique ne criait plus; ses blasphèmes s'étaient changés en proverbes édifiants; elle ne menaçait plus de choir, clouée qu'elle était bien solidement à la gauche de Mlle Zéline sur une croix de bois précieux, incrustée de pierreries.

Peu à peu, le soleil descendit vers la scrofuleuse et se confondit avec elle. Lentement la lune s'approcha de l'épileptique et elles ne furent plus qu'une même chose. Le soleil sur la scrofuleuse ressemblait à une robe de Peau d'Ane et la lune sur l'épileptique à une jonchée de neige. Mlle Zéline n'était plus aveugle : elle voyait le monde entier à ses pieds de l'autre côté de son petit jardin intérieur; elle voyait la route de Limoges et toute la ville et toute la province et toute la terre, le firmament l'au-delà des étoiles où la Providence reposait sur un trône entre Stanislas Kostka et Mme Georgeret. Mlle Zéline n'était plus Mlle Zéline. Elle rêvait qu'elle était le Christ lui-même.

Le lendemain, Mlle Zéline se réveilla de bonne heure pour demander à se confesser. Elle se tournait bientôt à droite et disait à la scrofuleuse : — « J'ai rêvé que vous étiez le soleil. » Elle se tournait ensuite à gauche vers l'épileptique et lui disait : — « J'ai rêvé que vous étiez la lune. » Puis comme à elle-même, avec une grande consolation intérieure, quand elle eut ramené ses deux mains sur sa poitrine : — « J'ai rêvé que j'étais le Christ Jésus crucifié. »

La scrofuleuse et l'épileptique furent très émues d'avoir été comparées au soleil et à la lune par le Christ de chaque côté de lui, dans le rêve de Mlle Zéline. La scrofuleuse dit à Mlle Zéline : — « Si vous pouviez voir comme nous sommes laides, de chaque côté de vous. » — « Je vous félicite bien d'être aveugle, ajouta l'épileptique. C'est une grande misère que de se voir, quand on nous ressemble. » Mlle Zéline dit à la scrofuleuse : — « Si tu étais aveugle, tu ne pourrais pas supporter ta propre odeur dont tes yeux sont chargés par la Providence de te distraire. » Et à l'épileptique : — « Si tu étais aveugle, tu ne pourrais pas voir où il t'est préférable de tomber. » Et à toutes les deux : — « Ne soyez pas jalouses de moi. Si vous pouviez vous voir belles comme je vous vois de mes deux yeux de Jésus-Christ. »

Le soir, elle fit demander la petite amie de Mme Georgeret qui l'avait fait admettre à l'hôpital. Persuadée qu'elles étaient seules toutes les deux au monde, elle lui dit : — « Coupez-moi les ongles des mains et des pieds et me les polissez avec la brosse neuve qui est dans ma valise auprès d'une petite bouteille d'eau de lavande. Quand vous les aurez bien polis tous les dix, vous les parfumerez. » L'amie de Mme Georgeret, entre la scrofuleuse et l'épileptique, devant toutes les religieuses de l'hôpital et Monsieur l'aumônier que le rêve de

Mlle Zéline attirait, procéda à la dernière toilette de l'aveugle. L'épileptique et la scrofuleuse s'enivrèrent un moment du parfum que l'on répandait sur le corps d'une autre. Une heure plus tard, Mlle Zéline communiait. Elle mourut la nuit suivante, disant : « Vous serez aujourd'hui avec moi en Paradis. » Et en effet, la scrofuleuse se prit à aimer sa souffrance comme un soleil de Jésus-Christ et l'épileptique à se regarder comme l'astre pâle de la dernière nuit de Dieu en Mlle Zéline. Elles voulurent communier aussi le lendemain matin qui était un dimanche et pleurèrent comme si on leur eût arraché leur propre mystère, quand on emporta le cadavre de Mlle Zéline qui s'était jusqu'à la fin si bien aimée elle-même que la Providence de Dieu, même alliée à la répugnante misère des hommes, n'avait pu réussir à la rendre malheureuse.

MÉLANIE LENOIR

ou

COMME ON FAIT SON LIT, ON SE COUCHE

PREMIÈRE PARTIE

I

Madame Lenoir est obéissante. Elle place au-dessus de toutes les vertus, son abnégation en face des êtres qu'elle adore. Elle a accompli ponctuellement tout ce que lui a demandé sa mère jusqu'à son mariage. Aujourd'hui avec religion elle accomplit tout ce que lui demande son mari. Elle est toujours en paix avec elle-même, parce qu'elle connaît toujours son devoir et peut le parfaire.

Monsieur Lenoir a trois filles. Il a passé son enfance au petit séminaire du Mans sous Charles X. Louis-Philippe le vit instituteur libre et royal, Napoléon III rasta-machiniste dans l'un de ses théâtres impériaux. Sous la troisième République, il s'est marié et retiré dans une province du Centre où il place des vins.

Monsieur Lenoir a une belle tête de sénateur, une tenue trop digne pour ce qu'il doit faire. Il ne peut pas s'enrichir parce qu'il a la main trop fine et trop baguée pour toucher ses fûts. Un domestique mange le bénéfice qu'il peut réaliser quand il a élevé ses enfants.

Madame Lenoir irait bien à l'église, si son mari ne le lui défendait. Ses filles sont pensionnaires au couvent de la Croix, ce qu'elle regarde comme une grâce. Monsieur Lenoir dit que c'est un pis-aller. Il se réjouit tout de même des traites indiscutées que les religieuses lui paient pour le vin frelaté de leurs messes.

II

Les filles de Monsieur Lenoir ont dix-sept ans l'aînée, treize ans la plus jeune, quand il fait la connaissance de la tenancière d'une maison publique. Celle-ci, rousse et richissime, entretient un Paradis de Mahomet ou tout le Walhalla au fond du jardin le plus fermé, sur la route la plus perdue, en lisière près de la ville. Monsieur Lenoir sait que de tous les départements limitrophes on arrive chaque nuit pour assister aux fêtes clandestines de Luciline Bob-Aklar. Il sait que le vin coule à flots dans le ruisselet parmi les œillets blancs le soir et qu'on en fait passer dans le jet d'eau où les femmes nues viennent boire, après danser. Pour être le fournisseur attitré de Luciline Bob-Aklar, Monsieur Lenoir donnerait tout ce qu'il aime. Il lui donne un baiser dont elle n'a cure, lui consacre une de ses heures dominicales et six louis par semaine durant un semestre. Il se ruine. Elle s'en moque.

III

Madame Bob-Aklar un jour a mis sa toilette la plus sobre. Toute de blanc vêtue, elle porte une chaîne d'or grosse comme celle d'un chien bouledogue. Les perles de ses oreilles sont des œufs de moineau et ses bagues, dont elle a supprimé les deux cinquièmes, cachent encore la phalange de tous ses doigts et son pouce même, tout emmitouflés dans leurs mantelets de pierre et d'or.

Quelqu'un frappe. Madame Lenoir dit d'entrer. Mélanie, l'aînée, va ouvrir la porte. La mère de Madame Lenoir, paralytique depuis seize ans dans le même fauteuil où on la dirait sculptée dans le bois, se dresse toute droite. Il y a seize ans qu'elle ne s'est pas levée ainsi sur ses jambes. Ses deux petites-filles, les plus jeunes, ont peur de la voir tomber. Elles se précipitent pour l'aider à se rasseoir. L'aïeule reste debout. Elle va faire le geste digne et impérieux de celle qui respecte la place qu'elle a choisie pour mourir, quand Monsieur Lenoir paraît dans la porte. Il dit à Luciline Bob-Aklar d'entrer. L'aïeule reste debout, muette, plus pâle que la pâleur même, immobile, semblable aux images des saints, tandis que Madame Lenoir, mue par la volonté de Monsieur Lenoir, inconsciemment va chercher au fond de la maison le siège le plus confortable. Elle en rapporte même un tabouret de bois précieux recouvert de broderies qu'ont imaginées les religieuses de la Croix, pour installer, le plus dignement possible, sous le regard de son mari, les pieds de la mieux rentée des Prostituées de la Terre.

IV

Madame Bob-Aklar fait une commande importante, qu'elle règle d'avance. Une pluie d'or sur la table étincelle, — tel Jupiter sur le ventre de Danaé. Luciline regarde avec mépris ce qu'elle rencontre devant elle : les deux petites filles qui essaient de plier les genoux de leur grand'mère. Il faut appeler. La vieille femme ne peut pas plier le genou. Elle ne crie pas ni ne se plaint. On doit l'étendre sur son lit entre deux draps simplement, comme une colonne de marbre. Elle n'est pas morte. Elle vivra de longs jours encore. Elle sourit et pleure de grosses larmes chaque fois qu'on ne se tait pas devant elle.

Madame Bob-Aklar s'en est allée, tandis qu'on escortait l'aïeule jusque dans son alcôve. Madame Bob-Aklar aurait bien voulu « embrasser les petites », mais elles sont si « troublées et occupées ».

Mélanie, qui est pareille à sa grand'mère, — pour ne pas reparaître, — s'était dès l'abord lentement effacée devant ce personnage fantastique de poudre parfumée et d'éblouissante coquetterie. Luciline avait pu seulement prendre la main de Madame Lenoir et puis l'autre main. Elle les avait serrées si fort que les anneaux et les pierres de ses doigts s'y étaient imprimées. La chair honnête et tendre de la brave femme en portait le soir encore des stigmates rouges que Madame Lenoir considérait à la chandelle.

V

Il y a trois mois que l'aïeule est morte.

— « Madame Bob-Aklar dîne chez nous dimanche », annonce Monsieur Lenoir à sa femme devant ses filles.

Luciline a déjà couvert de bijoux ces demoiselles.

Les deux plus jeunes en sont fières. L'aînée, Mélanie, en est attristée ; ce soir, en présence d'une invitation déjà faite et acceptée qu'annonce le père, elle se révolte. Elle voit sa grand'mère toujours debout et droite, près de la cheminée. Elle pense à Jésus-Christ. Elle désire de s'en aller de cette maison. Elle trouve au fond de son âme l'image d'une maison silencieuse où elle commence de se retirer. Elle a pris certain chemin déjà battu qu'il lui semble n'avoir jamais suivi les yeux ouverts. Elle referme derrière elle une porte grillagée surmontée d'une croix. Les allées du parc se couvrent de majesté à son approche. Elle gravit les degrés bien lavés de trois étages clairs, choisit sa cellule, gagne enfin la chapelle où des voix la saluent « épouse de Dieu ».

Tout ce pèlerinage, elle l'accomplit, sans rien dire, tandis qu'elle mange le potage et une tranche de veau rôti, sous les yeux des siens. On parle d'elle ne sait quoi autour d'elle. Elle n'est déjà plus de la famille. Elle oublie qu'elle a faim et qu'elle mange.

Quand elle se lève au dessert et déclare qu'elle entre au couvent de la Croix le lendemain, — qui s'étonne ? Personne. Elle a déjà prononcé ses trois vœux à voix très basse et d'autant plus profonde en elle-même. Elle a déjà pris possession de son domaine, loin des siens. Qui la regrette ? Sa mère. Les trois autres sont contents de la voir partir ; elle les gênait.

VI

Madame Lenoir éprouve que quelque chose d'elle mystérieusement continue de s'en aller. La léthargie et puis la mort de sa mère avaient commencé l'exode. Le départ de sa fille aînée l'achève. Il lui semble que c'est, — tout habillée de lumière, — toute la pureté de sa propre vie qui s'en va. Elle dit adieu à sa propre âme qu'elle n'a pas la force de retenir. Voilà qu'elle la voit, tout habillée de lumière, franchir la porte de sa maison. Et puis elle écoute le bruit désespérant que fait le dernier pli du voile admirable sur la pierre du seuil. Elle voudrait crier, mais elle se souvient qu'elle doit recevoir Madame Bob-Aklar le dimanche suivant à déjeuner. Rien ne la surprend plus. Monsieur Lenoir le veut ainsi. Elle n'a pas d'autre devoir que d'obéir. Elle baisse la tête et compose son menu.

Monsieur Lenoir, qui la devine, attaque :

— « Est-ce le canard aux olives pour dimanche ? »

— « Mon ami, je pensais à des châtaignes dans une dinde », avoue Madame Lenoir.

Mélanie se jette à la prière :

— « Ame du Christ, sanctifiez-moi. »

VII

Le soir où Luciline dînait chez les Lenoir, Mélanie n'était plus là.

— « Cette grande fille maigre qui m'a ouvert la porte, quand je suis entrée chez vous la première fois, n'est donc plus à votre service, Madame Lenoir ? » demande Luciline qui veut faire paraître son antipathie.

— « Mélanie, ma fille ? Elle prend le voile. »

Alors, Luciline Bob-Aklar lève les yeux vers la suspension bleu foncé, couronnée de bougies, qui ressemble à un firmament postiche. Elle dit :

— « Moi aussi, quand j'avais dix-sept ans, j'ai voulu prendre le voile. »

Elle rayonne. Elle se demande s'il serait possible d'être plus méchante.

VIII

— « Madame Lenoir, je vous recevrai dimanche à minuit. Votre mari veut bien que vous veniez chez moi. Alors, vous assisterez à une vraie fête. »

Madame Lenoir voit sa mère aux genoux inflexibles. Elle essaie de l'aider à ne pas se tenir toujours droite ainsi, comme une colonne d'église, revêtue d'inscriptions effroyables. Elle entend la robe de Mélanie bruire encore une fois sur la pierre du seuil.

Elle se retourne mue par la main de Monsieur Lenoir qui s'appuie brusquement à son épaule. Elle répond :

— « Je suis confuse. Vous êtes bien bonne, Madame. »

IX

Madame Lenoir à la maison de tolérance.

Le pied de Madame Lenoir heurte à chaque pierre. Elle croit ne plus savoir marcher. Monsieur Lenoir la soutient. Madame Luciline, escortée de deux domestiques porteurs de lanternes, les conduit.

On entend une musique douce et lointaine. Serait-ce pas les étoiles et leur murmure ou bien des êtres invisibles suivraient-ils en chantant la route des peupliers, pour venir au-devant d'elle? Madame Lenoir le penserait, si elle pouvait comprendre ce qui se passe d'extraordinaire ce soir dans le monde.

La lumière pâle de la lune se mêle au rouge ardent des feux de Bengale. Il y a des bougies parmi les fleurs des parterres. On croirait que les fleurs éclairent ou qu'enfin l'on arrive dans l'éternel jardin des étoiles. Ici les femmes sont très habillées du brodequin verni jusqu'au faux-col d'amidon, en redingote noire et culotte de velours violet. Les hommes nus laissent apercevoir dans les plis de leur kimono de soie blanche tous les détails des statues des dieux.

La deuxième allée est sombre. On la voudrait plus sombre encore. Elle représente la porte mystérieuse du Tartare. Une pelouse drue et défleurie, clairsemée d'asphodèles, s'étend à perte de vue. Sous les grands bras hagards des chênes qui semblent chercher dans la nuit les bras plus mouvants et velus des mélèzes pour s'y enlacer, se reposent une foule d'êtres dans leur dalmatique d'or ou d'argent comme sur des pierres sépulcrales. Au fond d'une grotte écœurante de parfums brûle un grand feu qui éclaire un squelette lisant dans un livre ancien.

Plus loin, sous un hall bleu pâle peint de lis blancs et d'iris noirs où l'atmosphère semble celle de l'encens et plus épaisse que l'eau, — se promènent des femmes nues, toutes nues. Quelques-unes se cachent dans leurs cheveux, dont elles enveloppent leurs cuisses et qu'elles nouent sur leurs poignets. Celles-là cachent leur chevelure dans des résilles d'étoffe blanche, pour davantage ressembler à des marbres. Les hommes n'entrent dans le hall qu'en smoking à revers de soie et gants noirs ou bien en maillots de crêpe de Chine, couleur de bois de rose.

Et c'est l'abandonnement aux libations et au suprême baiser redevenu public, vraiment cynique, — tant l'humanité regrette le chien, — quand Madame Lenoir fait son entrée.

X

Madame Lenoir apparaît sous sa petite capote la plus touchante de discrétion et de sottise aimable, à brides de ruban de soie, une aigrette de jais piquée et breloquante dans un chou de gaze là-haut pour auréole, avec trois fraises bourgeoises comme en goguette près de l'oreille. La visite très antique et les plis « religieuse » très larges et nombreux de la jupe accompagnent parfaitement l'allure prudente et les timides politesses, encore que toujours excessives, tellement déplacées ici de cette silhouette de l'Honnêteté.

Luciline sonne. Les muets aveugles éteignent leurs lampes en même temps, pour que Madame Lenoir pense à sa mère et à sa fille Mélanie.

On suit de petits couloirs étroits. On arrive devant le portail armorié d'un jardin royal. Les deux battants lourds s'ouvrent larges. On entonne une marche — funèbre ou nuptiale, qui le dirait ? — tant l'ironie et la terreur secouent, tordent, brisent, déchirent nerfs humains, boyaux de chats : C'est la marche de Madame Lenoir.

Madame Lenoir devait être la plus grande attraction de la soirée.

Madame Lenoir sort son chapelet qu'elle égrène sous sa visite, en obéissant à son mari. Elle a peur d'être devenue folle et de ne pas voir vraiment ce qu'elle voit. Elle a peur de trouver en elle-même ce qu'elle regarde encore, quand elle a fermé les yeux. Les hommes nus en kimono viennent se frotter à elle ; ils sentent les paillettes de jais de Madame Lenoir qui entrent dans leur chair comme des épines, tandis qu'ils caressent moqueurs, son aigrette dans la gaze. Monsieur Lenoir et Luciline alors la prennent bien tendrement chacun sous un bras, pour qu'elle n'ait pas le loisir de tomber sur sa face. Ils lui disent à l'oreille qu'elle est dans l'illusion, qu'elle rêve, que ce ne sont qu'ombres d'hommes et jeux chinois. Madame Lenoir en est plus malheureuse. Elle s'en va parmi les fleurs de lumière, pose nécessairement, et malgré qu'elle en ait, ses grosses bottines de chèvre sur de vraies roses vives, entre deux ruisseaux d'essences parfumées et de vin fin.

Toutes les courtisanes à redingote, — les extrêmement habillées, — ont pris des flambeaux et marchent devant Madame Lenoir, tandis que les hommes, rejetant leur kimono de soie blanche, font de leurs corps une muraille de marbres vivants qui se rapprochent. Autour de la Trinité exorbitante dont Madame Lenoir est le centre ils se pressent. Quelques-uns montent sur les épaules des autres, pour lui faire un arc de triomphe ou un temple d'amour en rotonde parfaitement architecturé jusqu'à la clé de voûte en phallus.

Madame Lenoir espère qu'elle voit bien ce qui existe. Comment imaginerait-elle ce qu'elle voit ?

Elle parle à son mari : — « La tête me tourne. J'ai mes « fumées » sans doute, Lenoir. On dirait qu'il y a beaucoup de monde et mes oreilles bourdonnent à penser que l'on fait de la musique ici.

« Je n'étais pas habituée à ce genre de malaise.

« Quel plaisir peut-on avoir à se promener dans des nuages remplis de bêtes et de grondements ?

« Je ne savais pas qu'on pouvait faire marcher des statues.

« Je suis ivre, Lenoir. Où m'as-tu conduite ?

« Ce que c'est ? Lenoir. J'aime mieux l'odeur du fumier des Binche que ces parfums. Ils me contrarient le cœur, quand ma tête a déjà tourné. »

Dans le jardin aux dalmatiques, elle dit : — « Nous étions mieux, Lenoir, dans notre lit à roulettes, sous l'édredon de plumes d'oies vives ». Et encore : — « Les brebis que je gardais avec les servantes, quand j'étais petite, étaient plus à l'aise pour être mères que « celles-ci » pour le devenir. »

Tout à coup elle voit le feu dans la grotte et le squelette lisant. Elle croit reconnaître sa mère. Elle se croit morte, aux Enfers déjà; elle s'évanouit.

On n'attend pas qu'elle revienne de la mort pour l'entraîner sous le hall azuré, où elle s'éveille au son des harpes et crie parmi les débauches les plus effrénées, au cœur de l'ivresse définitivement bestiale, — le nom de Dieu.

Madame Lenoir était prédestinée à porter si bas, — au cœur de l'abîme, — ce Nom qui a la force de n'être corrompu par rien au monde.

Elle se croit sauvée. Elle idéalise tout ce qu'à peine elle aperçoit dans le tremblement de ses paupières et par-delà les voiles innombrables dont elle a couvert ses yeux, depuis qu'elle était enfant.

DEUXIÈME PARTIE

I

Mélanie a soixante-dix ans. Elle a appris que, son père ruiné, ses sœurs avaient cru indispensable pour vivre de « prendre la suite » de Madame Bob-Aklar.

Madame Lenoir est morte quelques jours après la féerique nuit de son apothéose.

Le couvent de la Croix vient d'être fermé par une loi dont les motifs ne lui sont pas accessibles. Pauvre Mélanie, rejetée dans le monde, s'aperçoit qu'elle n'a ni titre ni rente, presque aucun droit à l'existence : elle fonde une garderie pieuse dans la même ville où ses sœurs tiennent la maison de tolérance.

Monsieur le Curé admire d'une sainte qu'elle soit si mal née. Il lui prête son secours, mais les dévotes de la ville qui ressemblent moins à Mélanie, à sa mère et à sa grand'mère qu'à Madame Bob-Aklar, sont scandalisées. Elles lui font retirer le lendemain par une main occulte et puissante les enfants que Monsieur le Curé lui confie la veille.

Mélanie en est réduite à vivre de pain et de fromage dans une mansarde obscure.

Ses sœurs lui font dire qu'elle les vienne voir.

II

Pour prouver qu'elle a l'esprit « large » et dans l'espoir de les sauver, un jour de grand soleil, Mélanie prend son parapluie. Elle n'a pas d'ombrelle, une religieuse. Il ne faudrait pas non plus qu'on remarquât trop cette démarche. Mademoiselle Lenoir ouvre au-dessus d'elle son parapluie et le tient bien serré contre sa tête par les baleines tendues. Ses deux mains sont à la hauteur de ses lèvres. Comme la guimpe et le voile passent et que tout le monde regarde une originale, si Mademoiselle Lenoir avait laissé chez elle son parapluie, personne ne l'eût regardée. Tout le monde la voit.

Il est une heure de l'après-midi. La lumière est soufre. Les pierres des maisons paraissent en or et, au-dessus du front des hommes étendu, le ciel est une tapisserie bleu de roi que les marronniers du chemin brodent de grappes blanches et roses.

Partout où elle s'avance, Mélanie est seule. Il fait tellement chaud à cette heure-là. Elle ne rencontre que des petits chiens qui se reposent sur les trottoirs, au pied des portes.

Le regard des autres est invisible.

III

Il y avait cinquante ans que Mélanie n'avait pas revu ses sœurs. Elle est maigre. Elle n'a pas changé.

Sa peau jaune est lisse comme un cierge de cire. Énormes sont ses sœurs. Leurs faces poudrées, fardées et velues sont bouffies, roses et sans yeux comme des derrières de cochons de lait. Les deux vieilles belles ont peur de n'être pas assez réservées avec une sainte; elles se demandent si elles baiseront « le cierge », quand Mélanie a déjà pris bien étroitement l'une d'elles entre ses bras osseux et pleure :

— « Pauvre Palmyre, chère Honorine. »

Elles pleurent toutes les trois.

Elles parlent de leur grand'mère et puis de leur mère, comme de pures visions qu'elles auraient eues ensemble dans une autre vie, dans une préexistence toute remplie de mystères et d'illusions.

Mélanie tombe de misère. Elle a froid. Elle croise, en le serrant, son fichu noir sur sa guimpe. Honorine fait allumer du feu et apporte de l'eau-de-vie.

Mélanie boit de l'eau-de-vie, qui n'avait bu depuis cinquante ans que de l'eau pure. Elle fait la grimace et puis se sent toute réchauffée. Elle cause beaucoup. Elle dit ses peines une à une. Elle est sur le point de s'indigner de la vertu qui ne mène à rien.

Ses sœurs essaient de lui prouver que c'est elle qui est « bien heureuse », qu'elles sont « mal heureuses », au contraire. Mélanie fait un effort pour les comprendre. Elle ne peut y réussir. Elle regarde leurs fauteuils dorés comme des trônes et leurs servantes parées comme des princesses du sang. Elle tâche à retrouver le bonheur qu'elle a égaré en elle-même.

Palmyre lui offre de rester :

— « Tu es malade. Tu repartiras demain. »

Mélanie se lève. Elle fait le signe de la croix. Elle leur dit de ne pas se souvenir de ses plaintes, — qu'elles se souviennent de leur grand'mère, de leur mère, de la mort.

Palmyre et Honorine sourient. Il y avait si longtemps qu'elles n'avaient entendu parler de tout cela.

Mélanie les embrasse et les quitte. Pour s'en retourner, elle n'ouvre pas son parapluie. Elle s'appuie sur lui. Il lui est bien nécessaire. Elle porte le poids, tout le poids de ses soixante-dix ans d'ascétisme qui ne l'ont pas prémunie contre « la Tentation de la Dernière Heure ».

IV

Sa chambre est parée de briques rouges qui s'effritent. Elle ne compte pour tout meuble qu'un lit, une chaise et une table de bois.

Après avoir vu ses sœurs dans leur domaine, sa misère lui est affreuse. Elle rappelle sa vertu à Dieu.

Cet air de parenté qu'elle a respiré ce soir, cette communauté de souvenirs, ce regain de la vie de famille lui font trouver son martyre dans la solitude, où elle s'était si longtemps plu.

Le lendemain, elle se lève sans courage pour garder les enfants des autres. Monsieur le Curé, qui a su la démarche invraisemblable qu'elle avait entreprise, fait une apparition significative et la laisse en face d'un mot très dur qu'elle retourne en fredonnant une chanson à laquelle répondent les petits.

Deux jours plus tard, elle compte les absents.

Huit jours plus tard, elle ne les compte plus. Au bout d'un mois, elle s'aperçoit que les bancs sont vides autour d'elle et que personne plus ne répond à sa chanson.

Monsieur le Curé lui envoie tout de même l'argent de son pain et du linge qu'elle raccommodera.

Elle aimait ces tout petits. Elle pleure sur le linge et sur son pain.

Elle sent qu'elle devient malade, toute froide, qu'elle va mourir. Alors elle se lève droite héroïquement. Elle prend un châle, détache du mur nu son crucifix. Elle l'enveloppe dans le châle. Que ses mains sont rigides et mouillées ! Elle ouvre encore une fois son parapluie, accroche sa main droite à l'étoile noire des baleines tendues près de son front. Ainsi ne voit-elle que la terre qui fuit sous ses deux pieds chaussés de corde.

Elle arrive à la maison de tolérance.

Elle demande un lit.

Ses sœurs la dévêtent. Elles lui donnent la plus belle chambre, la chambre peinte d'amours d'or. Le lit est bien chauffé. Palmyre et Honorine se font très tendres.

Elles croient coucher leur grand'mère toujours dans le même lit funèbre et qu'il leur a fallu un demi-siècle pour accomplir cette œuvre immense. Elles retrouvent à en mourir de honte leur âme de jeune fille qui erre autour de leurs mains abominables. Elles pleurent encore leur grand'mère, en commençant d'ensevelir leur sœur Mélanie.

Mélanie boit un peu de lait chaud avec du rhum. Il y a si longtemps qu'elle en désirait boire. Elle demande un peu de gâteau de Savoie, comme leur mère en faisait, et puis qu'on aille tout de suite chercher le Prêtre.

Palmyre pétrit le gâteau de Savoie.

Monsieur le Curé arrive. Il bénit Sœur Sainte Pauvreté étendue dans le lit que soutiennent quatre amours d'or. Elle lui exprime ses péchés et le supplie de bénir aussi ses sœurs, encore égarées. Palmyre et Honorine prient avec sincérité ; elles s'agenouillent gauchement.

Tout à coup, Mélanie demande si ce lit est pur. Elle éprouve qu'il la brûle. Elle a trouvé la force de se dégager de l'étreinte des draps et l'on aperçoit son petit pied nu et ridé, très sale sur le tapis ivoire. Monsieur le Curé la rassure, l'endort dans une prière : « Ame de Jésus-Christ, sanctifiez-moi ». Sous l'action de l'huile sainte, Sœur Sainte Obéissance vient de tout doucement mourir dans le lit de Luciline Bob-Aklar.

V

L'enterrement de Mélanie Lenoir souleva de graves problèmes. Les dévotes de la paroisse, les confréries se refusaient à venir prendre le corps dans « la Maison maudite ». Monsieur le Curé aurait bien offert la sacristie pour la levée de la bière, mais ces messieurs de la Fabrique ne l'eussent pas vu d'un bon œil. Alors de choisir un moyen terme : Dans le fond du jardin de « la Mauvaise Maison » il y avait une écurie ; on y ferait la chapelle ardente. La basse-cour, l'âne, le cheval entendirent le bruit d'étranges préparatifs ; c'était Aimé, l'amant de cœur de Palmyre, un gros garçon boucher insolent qui tendait les murs, les auges et le fenil de draps blancs brodés sur lesquels des mains malhabiles de prostituées avaient piqué d'énormes roses en papier de soie.

Ainsi le clergé, les religieuses, les dévotes, les filles des honnêtes gens vinrent-ils d'aventure dans « la Maison de Tolérance » par un chemin détourné, — le chemin des hypocrites, — enlever la bière de Sœur Sainte Chasteté.

Et le convoi ressemblait à une grande manifestation religieuse.

CLODOMIR L'ASSASSIN

Sous les yeux du Seigneur, le presbytère est bien gardé. En face du presbytère habite un assassin. L'assassin est le plus bel homme de la contrée, le plus sain, le plus fort. Monsieur le Curé le salue. L'assassin a beaucoup de respect pour Monsieur le Curé. Monsieur le Curé a beaucoup de respect pour l'assassin. S'il a tué, il a tué par amour l'amant de sa femme. C'est une dignité, une seconde puissance. Il a célébré lui aussi son sacrifice flamboyant.

Depuis qu'il était petit dans le pré de son père le tripier, il s'était penché sur le ruisseau de sang que distillait l'égout des abattoirs de la ville. C'était une prédestination. Monsieur le Curé comprend très bien ce crime, s'il ne l'eût pas pour plusieurs raisons commis lui-même.

Clodomir a le port de tête d'un roi, la diction d'un comédien et il en impose aux enfants du quartier, qui ont entendu crier sa victime, bien plus qu'un Roi de Théâtre.

Quand la nuit tragique, attendue des mois par toute une ville engourdie, s'ouvrit sous le couteau luisant de l'Archange des vengeances, tout le monde se mit à la fenêtre pour voir commettre un crime, depuis Monsieur le Curé, blotti derrière une persienne, jusqu'à M. le Capitaine Cornichet, pâle derrière sa vitre, sans excepter Mlle Dalby la couturière qui triompha quelques minutes sur son balcon.

Tout le monde savait que Sidonie avait un amant, que Clodomir le savait, qu'il les tuerait bientôt l'un et l'autre. Cet amant avait le tort d'être sous-officier, race de chien pour Clodomir. Clodomir, dans l'esprit de tout le monde, aurait peut-être pardonné à n'importe quel homme et à un chien d'être l'amant de sa femme : il ne pouvait pas pardonner à l'amant de sa femme d'être sous-officier.

Une première fois, il était revenu voir le pays du lointain où le retenait dans une automobile quelque guerre. Il en avait profité pour donner la comédie à ses voisins : « En l'honneur de qui Sidonie a-t-elle mis des rideaux de dentelle blanche à sa fenêtre ? En l'honneur de qui a-t-elle acheté deux draps à jours ? Qui lui a donné l'or d'une montre, d'un bracelet et des pendants d'oreilles que j'ai trouvés dans la paillasse de mon lit ? » C'était un prélude. Il le pleurait chez ses amis et puis le criait d'une voix de stentor devant la ville assemblée sur la place. Les battements du cœur de Clodomir pour Sidonie allaient remuant le monde entier. On le voyait apparaître guerrier bleu pâle enveloppé de rideaux de dentelle blanche, un drap brodé et ajouré sur son épaule, les mains chargées des bracelets et des bagues de sa femme. Il répandait à chaque phrase la montre, les pendants d'oreille, des fioles de parfums, témoins patents et muets parmi les assiettes honnêtes, auprès de la soupe fumante du cordonnier d'en face, puis devant les livres de compte de l'épicier du coin.

Toute une nuit, à huis-clos, il rétablissait la torture, pour interroger efficacement deux petites filles, l'une de douze, l'autre de dix ans, ses filles, sur l'amant de leur mère.

Quand il revint la seconde fois, Clodomir alla chercher deux de ses amis. Sidonie s'était accroupie le matin dans la lessiveuse et ses filles avaient refermé sur elle le couvercle de tôle, mais il avait bien fallu se découvrir le soir. Elle était assise maintenant toute frémissante au fond de sa chambre sur une chaise de paille et la lampe brûlait près d'elle au-dessus de la cheminée. Trois hommes entrèrent. Deux d'entre eux virent avec stupeur Clodomir fermer à clé la porte et s'agenouiller le visage tourné vers Sidonie. Quand il se fut approché d'elle sur ses genoux, Clodomir appuya tendrement ses lèvres au ventre anonyme de la Femme qu'il baisa à travers le tablier de cuisine. De vraies larmes sourdaient de ses yeux. Il la dépouillait de ses vêtements. Noualet le dentiste qui avait été l'amant de Sidonie était moins curieux que Tourteau le charcutier. Tous les deux pensèrent qu'il allait la tuer devant eux, mais ils n'osèrent pas même faire semblant de l'en empêcher ; ils se contentaient de trembler de chaque côté de la lampe comme devant le Tout-Puissant. Sidonie voyait son « jugement dernier » entre Noualet le dentiste et Tourteau le charcutier. De temps en temps, le bon Ange Tourteau, sur la prière irrésistible des yeux d'une femme en chemise, balbutiait :
— « Je ne voudrais pas te déranger, Clodomir... »

Enfin, Clodomir furieux vociféra : — « Êtes-vous mes amis ou ses amants ? » Et il se fit un grand silence. La chemise de linon venait de se déchirer du haut en bas : — « Quelle fantaisie le prend ? se disait Noualet. Saurait-il quelque chose ? veut-il me confronter avec Sidonie dans l'appareil d'Adam et d'Eve et nous tuer devant Tourteau ? » Il commençait machinalement à dénouer sa cravate, peut-être pour éviter à Clodomir la peine brutale de le déshabiller, peut-être parce qu'il avait eu l'habitude autrefois de commencer à se dévêtir, quand Sidonie était nue. Mais déjà passaient dans un ouragan terrible deux cuisses connues suivies de deux bottes ferrées. Tourteau était préoccupé par quelques gouttes de sang perdues dans la chevelure d'une femme que le Diable emportait. Sidonie, parmi la macabre danse, était réconfortée à la pensée d'être heureusement propre ce jour-là et si belle, avant de mourir sous les yeux de trois hommes fous.

Quand elle fut à bout de souffle, Clodomir la retourna du pied dans la lumière. Voilà qu'il se penchait une fois encore avec douceur sur le ventre de Sidonie. Comme si « quelque chose » en elle eût mérité des excuses, comme si le sexe en elle avait gémi de ses adultères, il lui murmurait de tendres paroles, il le plaignait ; il le plaignait d'être sous ce cœur et à la merci de la tête. Il lui disait : — « Je n'ai reçu de toi que douceur et qui a pu te satisfaire après Clodomir ? » Durant cette bonace, on entendait pleurer les deux filles de Sidonie derrière la porte. Enfin, Clodomir se tourna avec la plus extrême politesse vers Tourteau le charcutier et Noualet le dentiste, pour leur faire aussi des excuses. Il ajoutait : « Je vous ai choisis tous les deux pour être les témoins d'un serment... Devant Tourteau le charcutier et Noualet le dentiste, Sidonie, tu entends? je jure de tuer... » Les deux hommes sortirent de la chambre de Sidonie, comme de l'autre monde, devant Clodomir qui les éclairait. Ils rencontrèrent sur le seuil deux petites filles qui vinrent consoler une mère toute nue. Rentrés chez eux, ils éprouvèrent le besoin de toucher les murs, les meubles familiers, pour s'assurer qu'ils n'étaient pas des morts qui revenaient se promener sur la terre dans leur propre maison.

Le sous-officier connaissait Clodomir. Il en avait peur plus que tout le monde, mais il préférait être tué par une main prévue sur un bon lit pour une femme que pour une idée dans un buisson par un inconnu « innocent, disait-il, comme moi-même ». Il avait fini par s'accoutumer à cette fin. Il la méditait. Il s'amusait même les matins de dimanche à en étudier les moindres circonstances, quand Sidonie le laissait seul, tout éveillé sur le lit, dans la chambre où il devait mourir. Certain soir cependant un pressentiment terrible l'avait saisi. Il ne voulait revenir que le lendemain. Sidonie l'envoya chercher par l'aînée de ses filles. Il vint, comme un condamné à mort, après avoir fait sa toilette et son testament. Leur nuit fut plus passionnée à cause de la sueur froide exceptionnelle qui les enveloppait. Minuit sonna. Le sous-officier passa un doigt sur les yeux de Sidonie. Elle dormait. Il se réveilla sur les trois heures, comme la première porte de l'escalier s'ouvrait. Il entendit celui qui venait vers lui pour le tuer. Au premier bond du cœur, de songer à se précipiter par la fenêtre dans le chemin, mais il se souvint qu'il avait prévu cette heure qui était venue, qu'il avait choisi, durant ses moments de calme, de mourir confortablement dans ce lit. Il avait chaud. Il se refroidirait pour aller mourir aussi bien dans la rue, comme un chien, sous les yeux de toute la ville qui se réveillerait d'un seul coup dans une seconde, quand il allait lui déplaire de crier. La deuxième porte s'ouvrait. A la lueur de la veilleuse, il aperçut la tête pâle, sublime, de son assassin. Il éprouva aussitôt la démangeaison de saisir sous l'édredon son revolver, pour tuer quelqu'un ou pour dissiper un cauchemar, en faisant du bruit. Mais peut-être était-il trop tard ? Les deux petites déjà pleuraient dans la chambre voisine. Alors en un geste court, interminable, fatigant, d'un siècle entier, il joignit ses mains qui s'étaient éloignées l'une de l'autre sous le drap et qui se résignaient les premières à ne pas le défendre ; il détendit ensuite lentement le muscle de sa nuque, pour abandonner sur l'oreiller sa tête qui avait le tort de vouloir encore se raidir, s'obstiner dans l'inutile inquiétude.

L'assassin espérait toujours quand le sous-officier venait d'achever son acte d'abandon. Résolu à tuer, Clodomir était plus malheureux que le sous-officier résigné à mourir. Il espérait toujours que Sidonie serait seule. Il avait voyagé dans un train de marchandises pour arriver à l'improviste. Le bruit avait couru devant lui, comme un pressentiment, qu'on l'avait aperçu la veille dans la brousse. Il y avait passé vingt-quatre heures. Il se croyait toujours dans l'herbe qui lui piquait les paupières, quand il se pencha sur le lit de sa femme. Sidonie venait de se réveiller. Elle avait tout compris en un clin d'œil : elle jeta le plus grand cri de sa vie qui déchira le silence du monde et jeta debout toute la ville. De la gorge crevée de son amant le sang coulait. Clodomir avec douceur lui disait : — « Aime-le bien ainsi. Caresse-le, mais caresse-le donc. Moi, je vais en prison ; c'est meilleur que dans tes bras. » Elle poussait de longues plaintes aiguës qui suivaient monotones, comme un troupeau d'hyènes, le gémissement sourd du moribond. Et par instant, le cri de deux petites filles enfermées dans la chambre voisine perçait.

Clodomir fit le tour de la ville sous mille yeux braqués. Les chemises de nuit de tout le monde pavoisaient de blanc les fenêtres sur son passage, tel le drap interminable des fêtes-Dieu.

Un quart d'heure plus tard, il rentra pour contempler son œuvre. L'homme vivait toujours. Sidonie s'était traînée jusqu'à la cuisine, pour chercher de l'eau. Elle lui lavait les tempes. Une odeur de violette embaumait tous les gestes qu'elle faisait. Clodomir, quand il surprit, autour du front d'un mourant, cette marque suprême d'amour, adora Sidonie. Mais il s'avança vers l'homme pour lui fermer les yeux d'un nouveau coup de poignard. Comme il était jaloux de la mort qu'il donnait dans ce parfum de violette, il prit les bras admirables de sa femme, il les tordit. Peut-être un instant désira-t-il de s'y enfermer pour toujours, de la tuer, de se tuer, comme on oublie ou bien de la posséder encore une fois terriblement sur ce cadavre dans l'ivresse royale de sa victoire. Les gendarmes vinrent le préserver de cette équipée. Il les en remercia explicitement et les suivit comme ses domestiques.

Dès que Sidonie eut constaté la mort du sous-officier, elle trouva qu'un cadavre est un embarras. Alors, elle se mit à faire son lit pour se donner une contenance et pour plus décemment recevoir aussi la Police qui allait descendre dans l'alcôve.

Un corbillard avant le jour emporta le cadavre. Seule cette fois, elle appela ses filles qui l'aideraient à réparer le désordre que cause toujours un assassinat.

Sidonie préférait la propreté aux bijoux. Quand l'aurore parut, elle était déjà plus sensible à la tache qu'il laissait sur le plancher de sa chambre qu'à la mort du sous-officier. Elle se souvint par hasard du soulèvement de cœur particulier que lui avait occasionné Clodomir le soir de leurs noces, pour une grosse araignée qu'il avait écrasée sur sa robe blanche. L'opportunité de ce rapprochement la fit sourire et fit perdre au sous-officier le reste de son prestige. Elle se mit immédiatement à laver la tache de sang avec ses filles.

Une paysanne, ignorante de tout, qui arrivait de la campagne pour vendre ses légumes verts sur le marché, lui demanda ce qu'elle faisait de si bonne heure :

— « Mon nettoyage », répondit-elle simplement.

Le lendemain elle envoya les filles de Clodomir porter des fleurs sur la victime de leur père et elle fut fidèle à en parer sa fosse tous les dimanches :

— « C'est bien le moins que nous puissions faire pour lui. »

La mère du sous-officier voulut la voir. Elles pleurèrent ensemble. Sidonie se plaignit de son mari. Mais quand la mère du sous-officier voulut se permettre de s'en plaindre à son tour, Sidonie lui déclara qu'elle avait le malheur d'être la femme de Clodomir, qu'elle n'avait pas cependant le goût d'entendre dire du mal de lui, qu'elle aurait toujours peur d'être tuée par lui sur la terre, sans avoir le droit de désirer sa mort ni aussi bien de ne plus l'aimer.

Après quelques mois, l'acquittement prononcé, Clodomir est revenu dans sa maison, dans sa chambre vieillir entre ses deux filles, auprès de sa femme. Ils forment une famille modèle, — où l'on s'aime plus qu'ailleurs, dans un ordre parfait, une propreté irréprochable et un peu de musique.

La chambre d'amour est la chambre du meurtre.

Une terreur panique enveloppe le front désormais inaccessible de Sidonie.

Le lit de Clodomir est un échafaud.

La main de l'assassin glace des pieds à la tête ceux qui n'ont pas le courage de lui refuser de la prendre.

Un diadème et un manteau rouge éternellement le revêtent, aux yeux des petits enfants qui l'ont entendu tuer.

Ses deux filles et sa femme tremblent sous lui qu'elles servent avec respect, comme un Roi, le Roi de la Peur qu'il crée autour de lui, partout où il habite avec elles.

Il a poussé si loin l'amour qu'il impressionne surtout celles qui sont aimées et ceux qui aiment. Les lâches pâlissent quand ils l'approchent, parce que son audace les blâme. Les audacieux rougissent devant lui d'être en retard encore sur sa violence.

Monsieur le Maire prétend que dans l'antiquité, chez les païens, on lui eût interdit le séjour de la Commune.

Il est un des rois de l'Enfer où les damnés sont assis, chacun sur un trône de feu dans sa constance éternelle.

Monsieur le Curé le salue.

Tout le monde a peur.

Tout le monde est mort avec le sous-officier pour Clodomir.

Il est seul.

Il ne voit pas le curé le saluer. Il ne regarde pas ses filles le servir. Il ne sent pas les mains des hommes se glacer dans sa main.

Il est l'Assassin, isolé dans le royaume de son courage entre une femme et le cadavre du monde qu'il s'est aliéné, dont il s'est une nuit d'un seul coup de couteau volontairement séparé.

Qui avait le droit d'aimer Sidonie que lui ? Il ne l'aime plus. Il s'aime lui-même. Il adore sa main droite sous laquelle toute une province se courbe. Il n'y a que s'il lui arrivait de rencontrer sur les lèvres de quelque pygmée « le nom » qu'il s'est donné éternellement dans la mémoire douloureuse de Dieu qu'il se réveillerait un instant pour être en colère à force de ne pas savoir s'il devrait rire ou pleurer.

Il ne voit pas Monsieur le Curé ni les hommes ; il les a tués. Il a beau demander à l'une de ses filles de chanter à sa droite et à l'autre de jouer du violon à sa gauche le soir : il n'entend pas leur concert. La forêt qu'il a fait casser à petits morceaux et descendre dans sa cave ne parviendra pas à le réchauffer. Il n'est pas sensible non plus à la multitude des oiseaux qui sont enfermés dans des cages d'or autour de sa porte ni aux fleurs qui tapissent les fenêtres de sa maison.

Il est loin. Il est seul.

Il connaît la mesure du monde pour s'être lui-même démesuré.

Le monde est un sous-officier pour lui, un sous-officier qu'il a tué, afin d'être, durant les siècles des siècles, absolument seul avec Sidonie.

MADAME QUINTE

ou

LA CHÈVRE D'IVOIRE

Madame Quinte habite une chambre capitonnée de velours de laine, couleur de la tristesse. Le soleil ne pénètre pas dans l'alcôve où elle dort, comme au plus profond du dernier mystère. Le corps de Madame Quinte est si mince qu'il semble impalpable et pourrait être diaphane. Elle est d'une grandeur de rêve, à se briser, quand elle effleure de sa démarche lente, aérienne, le tapis de molleton. Ses cheveux crêpelés, — une vapeur autour du front, — adoucissent le masque impérieux qui pourrait paraître dur.

L'hiver se repose-t-elle près de sa fenêtre ? le reflet de la neige descend-il sur son visage et sur ses mains ? On croirait qu'elle vient de mourir, tant elle est pâle. Ses dents fines sont si hautes que sa bouche ne peut se fermer tout à fait. Il semble toujours qu'elle sourit pour réussir à donner l'impression d'une grimace précieuse continuelle. Elle garde le plus longtemps qu'elle peut, immobiles, étendues loin d'elle, ses mains. Ses mains sont étroites, dégingandées, toutes en longueur, pareilles aux crucifix qu'on a voulu sculpter dans un seul morceau d'ivoire. Ses ongles sont acérés : des épines d'argent. Une odeur de cire, de roses desséchées et de vieillesse flotte autour d'elle dans une atmosphère lourde.

Par les beaux après-midi d'été, elle incline sa tête sur un sachet de lavande et surveille le sable doré d'une petite place de province. La fenêtre de Madame Quinte regarde un vieux palais épiscopal désaffecté, flanqué du couvent des religieuses gardes-malades et de la Maison de Tolérance. La place de l'Ancien-Évêché est presque une impasse, un cul-de-sac. Personne jamais ne s'aventure dans ce recoin du silence, ou bien ce sont des hommes ivres, les nuits de fête. Arrive-t-il à quelqu'un de s'y réfugier quelque jour de la semaine, il croit n'être vu de personne! Madame Quinte le regarde. Madame Quinte sait que, tour à tour, en faisant le guet, notable et gueux passeront sous son regard. Mais voici venir une caravane de gens affolés : on sonne les petites-sœurs pour habiller un mort. Dans le palais épiscopal désaffecté demeure une très vieille coquette repentie. Madame Quinte suit des yeux, le soir, quand elle est couchée, le reflet d'un cierge qui se promène sur le mur de sa propre chambre : A travers les salons immenses où elle dansait sous l'éclat des lustres, Madame de Richemont fait une procession réparatrice. Le portail monumental du palais ne s'ouvre jamais que devant Monsieur le Curé. Madame de Richemont ne sort plus de chez elle et ne reçoit plus que le Sacrement.

Madame Quinte a deux filles : Jacqueline et Marie. Marie, qui a vingt ans, a trois ans de plus que sa sœur et plus de sottise. Toutes les deux sont moins distinguées de port et de manières que Madame Quinte. Leurs visages, s'ils attirent les yeux, ne les arrêtent point. On les regarde pour les avoir vues et jamais plus on ne les regardera.

Leur chambre communique avec celle de leur mère. Elles y reçoivent des amies, un professeur de mandoline et leur modiste. Souvent elles s'accoudent à la fenêtre. L'église est en face et le café « l'Ami des Plaisirs ». Si Marie, congestionnée, l'œil ardent, se penche sur la rue, les passants s'étonnent de son air excessif. Le rideau de « l'Ami des Plaisirs » ne cache pas toute la vitre.

Il arrive que, pendant le jour ou la nuit, Madame Quinte appelle :

— « Marie, Jacqueline ! »

Deux voix sèches et communes répondent sur le ton de l'impatience. De toutes façons, Madame Quinte poursuit sa lecture, son ennui, ou son sommeil.

Pourquoi Madame Quinte est-elle si vieille, à trente-huit ans ? Elle a déjà son grand réticule à broderies, sa chaufferette de cuivre dans le manchon, une bonbonnière nacrée, le paroissien emmitouflé de velours, comme une religieuse, pour se rendre à la première messe tous les matins, avant qu'elle sonne. Il est vrai que sa belle-mère l'a devancée, qui dit quatre « miserere » en faisant le tour de l'église, avant qu'on l'ouvre. Est-ce question de rivalité ? entre belle-mère et bru ? Madame Quinte la bru, qui est pieuse, ne communie jamais. Madame Quinte la mère l'a remarqué et s'en scandalise. Elle n'en voudrait parler à personne, mais elle en parle souvent avec son fils, qui regarde, intimidé un peu, sa femme comme l'Hérésie.

Monsieur Quinte, habits gris, cheveux gris, yeux gris, — âme grise « ou pas d'âme ? » insinue le sourire de quelqu'un derrière la vitre. Il est ébéniste-menuisier, représente assez fidèlement au regard des vieux prêtres et des tout petits enfants de la paroisse qui passent devant sa maison pour se rendre à l'église, — ce que dut être saint Joseph : un homme juste, craignant Dieu, croyant aux bons et aux mauvais rêves. Il prépare le bois des lits et des cercueils où tout un peuple s'éveillera et s'endormira. Monsieur Quinte se tient tout le jour dans son atelier, au-dessous de la Chambre de la Tristesse. Il entend sa femme tousser, ouvrir son secrétaire, promener en disant le chapelet.

Madame Douceron, une amie des Quinte, a trois fils et trois filles. Elle conduit ses filles et ses fils dans un jardin immense le soir. Toute la jeunesse de la ville les y accompagne, — et les Quinte. L'éclair de joie n'a jamais traversé le regard que portent sur le monde Mesdemoiselles Douceron. Elles ressemblent à des Gorgones. Elles n'aiment pas Marie ni Jacqueline. Elles ne leur pardonnent pas de rire trop fort et trop souvent. — Il arrive pourtant que Beli la douce, seule blonde, encore tout enfant, la plus jeune, qui fait des reposoirs merveilleux à ses yeux bleus, isolée toujours dans l'ombrage d'un parterre qu'on lui abandonne, — leur dit une parole : c'est pour les remercier de ne les avoir pas entendues être heureuses tout un soir. — Les deux autres sont brunes et impitoyables.

Marie-Louise la seconde, que pare un collier d'humeur blanche, se contenterait de ne pas leur sourire. Madeleine la Taciturne les fait quelquefois pleurer.

Jacqueline et Marie Quinte devraient bien ne plus venir dans le jardin des Douceron, si elles étaient fières. Mais Lou Douceron vient s'y asseoir devant elles deux pour qu'elles l'admirent de leurs yeux consumés. On ne voit que ses lèvres dans son visage. Il expose un ventre florissant au-dessus de l'arc de ses jambes. Il serait une bête, s'il n'avait l'âme immortelle. Elles auraient plus de dévotion à contempler « Monsieur Jean », l'Adonis de la famille ; Lou n'a que seize ans passés. « Monsieur Jean », s'il vient près d'elles, dit un mot superbe qui les humilie. Elles ont baissé la tête. Elles feignent de n'avoir pas entendu, de ne pas comprendre ou de croire qu'il ne croit pas lui-même ce qu'il dit, — et continuent de suivre des yeux leur hantise : le beau corps précieux de marbre en allé parmi les berceaux du jardin ; il s'est effacé déjà dans le crépuscule. Elles souffrent volontiers des autres tout un soir n'importe quelle avanie, pour être humiliées par celui-ci, au moins une fois. Lou leur devient-il propice ? Elles découvrent en lui une ressemblance de « Jean » qui se rapprocherait de leur désir, s'inclinerait vers elles, deux irradiées. — François, l'aîné, se tient parmi les vieilles femmes, auprès de sa sœur la Taciturne. Il est atteint d'une mélancolie incurable, d'une sorte de passion de la Mort. Deux fois on l'a trouvé à demi-noyé dans l'Étang-des-Chats. Sa mère le regarde avec complaisance faire de la dentelle du Puy ou du filet. Elle interroge toujours, anxieuse, les médecins dans son esprit, quand elle le voit. Invariablement, les médecins lui répondent : « Votre fils a connu une angoisse et un plaisir trop violents, avant sa douzième année. » Elle se demande quelle angoisse et quel plaisir si extraordinaire a pu connaître dans son ombre et presque sur ses genoux l'enfant, déjà son Fou. Elle essaie de le considérer comme elle l'aimait plus tranquillement, comme elle l'aimait moins autrefois. Les Quinte fuient ce groupe incompréhensible. Elles s'étendent sur une pelouse, la plus lointaine, entre la bergerie et le grenier à foin. Madame Douceron les y oublie et Lou.

Madame Douceron, Madame Quinte :

MADAME DOUCERON : Oui, Madame, j'ai trouvé Marie et Lou dans le foin.

MADAME QUINTE : Marie et Lou.

MADAME DOUCERON : Voir ainsi, Madame, son fils nu devant Marie. Quelle honte pour moi ! Et ce sont vos filles qui me l'ont damné. J'aurais dû me méfier de leurs façons effrontées et de votre manière d'insouciance.

MADAME QUINTE : J'en mourrai, Madame, de ce coup.

Madame Quinte se tapote les lèvres avec un petit mouchoir de batiste. Elle a renversé sur le fauteuil sa tête dont Madame Douceron ignore l'étrangeté :

— « Marie et Lou dans le foin. »

Tandis que Madame Douceron et Madame Quinte s'entretiennent au-dessus de l'atelier, grand'mère Quinte, qui habite au-dessous de la chambre de « ces demoiselles », cause sur le pas de sa porte avec une autre grand'mère. Celle-ci se rend au salut :

— « Pour vos petites-filles encore, Madame Babet, vous les marierez. Ce ne sont pas des ménagères, mais elles n'ont pas l'air cavalier. Je sais bien qu'elles caressent le piano, et c'est dommage. Marie et Jacqueline n'en ont jamais pu déchiffrer une seule note, après des années de leçons chères. Elles se rabattent sur la mandoline. J'aimerais mieux jouer de la vielle ou du crin-crin. Marie use de l'eau comme une cocotte et ne sait pas même se décrotter le jupon. Leur père les cire. Madame Babet, sortiriez-vous, à votre âge, sans une coiffe qui fût aussi blanche que l'aube de Monsieur l'Archiprêtre ?... Ni moi. Elles portent l'été entier un corsage compliqué qui ne se lave point. Elles oublient de remplacer les rubans de leur collet et c'est avec des épingles qu'elles s'habillent. L'autre jour, à la messe, Jacqueline est entrée, le capuchon rouge de son manteau retourné en bosse : On aurait dit Polichinelle... et de regarder tout le monde en disant son chapelet, comme si elle eût voulu m'exaspérer. Quand on me parle de mes petites-filles, Madame Babet, à moins que ce ne soit une grand'mère comme nous, je feins de m'étrangler et me couvre la face de mon mouchoir, pour ne pas répondre. Désordonnées ! Mes petites-filles me représentent le désordre que j'ai toujours le plus haï sur la terre. Si je les vois venir au-devant de moi, je prends un autre chemin. »

Madame Babet pousse un cri :

— « Que de poussière ! Madame Quinte. »

— « J'ai vu le bras de Jacqueline qui secouait sur nous son essuie-pieds... La niaise ! » lance

Madame Quinte furieuse. Elle s'excuse auprès de la Babet, la prie d'entrer pour brosser son châle :

— « La bénédiction est donnée d'ailleurs, Madame Babet. Voici venir Monsieur le Curé qui s'en retourne chez lui. »

Il les salue très bas.

Tandis que sonne l'*Angelus,* les grand'mères de leurs petites-filles médisent, en se débattant dans leur poussière.

Il y aura une scène ce soir chez les Quinte.

Madame Quinte a mis sa visite de grenadine. La capote à ramilles de jais sur sa tête, une grande croix de vieil argent sur sa poitrine, elle traverse la place de l'Évêché. Va-t-elle porter ses vœux à Madame la Supérieure des religieuses gardes-malades ou se chercher un gendre dans la Maison de Tolérance ?

— « Madame la Supérieure, vous avez un bien beau neveu, et qui me fait beaucoup de peine. Je voudrais aider à son salut. Parfaite est sa contenance à la messe, mais il fréquente le mauvais Lieu. Au moins trois fois la semaine. Vous devriez le marier. »

— « Je n'ai pas d'autre rêve pour ce monde, mais qui donc en voudrait, Madame Quinte ? »

— « Il ne manquerait pas de bons partis qui ne demanderaient qu'à lui être agréables. Et ma fille... »

— « Vous donneriez votre fille à mon neveu ? » se récrie la Supérieure.

Madame Quinte pensait à Marie qui était d'un placement plus difficile, mais elle n'eut de gendre que pour Jacqueline, et consentit.

Jacqueline, qui aimait tous les jeunes gens qui ne la regardaient pas, — crut aimer davantage celui-ci qui faisait semblant de la voir. Elle ne se souciait pas autant d'être aimée qu'épousée. Il importait seulement à Madame Quinte de marier une de ses filles avant un an, — pour le défi que sa belle-mère, au soir des poussières, lui avait jeté de ne les « caser » jamais, ni l'une ni l'autre. La silhouette de ce neveu de religieuse, quand il disparaissait dans la porte de la maison, l'avait toujours troublée.

— « Monsieur le Curé, ma fille se marie. J'ai voulu me confesser. Je n'ai pas la piété qu'il faut avoir. Tout le monde ne peut pas avoir la piété que je comprends. Sans doute me damnerez-vous ? Je ne pratique pas la religion dans la pensée de la Justice, pour être meilleure par le sacrifice de moi-même, mais pour avoir pris l'attitude qui me convient, en face de la Beauté. Je me conforme simplement à l'exemple du Culte qui est prescrit. J'estime la religion, à cause de la mise en scène merveilleuse qu'elle offre à chacun pour jouer sa vie, — parce qu'elle est toute en gestes, en gestes sublimes, revêtus de lumière, inouïs ailleurs, — pour l'adoration définitive qu'elle enseigne devant l'être aimé, le murmure des mots inconnus près de la pâleur, à cause de l'encens, des cierges, — à cause de la Messe. La Messe m'enthousiasme. Il n'est au monde rien de plus extraordinaire dans l'admirable. J'aime comme cela, avec toutes sortes de prostrations lointaines, de rites, de mystères, de salamaleks et de falbalas. La religion m'est bonne aussi parce qu'elle n'a garde d'oublier, sous les couleurs qu'on n'oublie pas, les discrétions plus précieuses, pour le recueillement qu'elle entretient — autour de nous et de nos amours, le silence ! — pour les tapis profonds interminables et sofas dont elle a capitonné notre atmosphère intime : Ainsi n'entendons-nous pas les pas lourds ou légers de nos souvenirs remonter du passé, ni carnavalesques ou apocalyptiques se ruer sur nous de l'avenir la chevauchée des espérances impossibles. Une tempête d'orgue les couvre. Quand je dis mon chapelet, je ne crois plus penser et je pense plus que jamais. N'est-il pas vrai, Monsieur le Curé, que la discrétion rend le mal délectable et le fait pardonner, quand faute d'elle la vertu verrait son charme détruit ? Et la force qu'elle nous donne contre nos passions ? Et la force surhumaine qu'elle permet à nos passions d'atteindre en nous, sans nous perdre, quelquefois pour nous sauver, quand elle fait aussi que la confiance d'autrui nous soit laissée malgré le crime des désirs. Il n'est pas de méditation qu'elle nous interdise puisqu'elle nous garde de toute action. Nous nous avançons chaque jour ainsi jusqu'à la veille d'un péché jamais consommé. Voilà ma religion, Monsieur le Curé.

« Je n'ai jamais aimé que deux choses sur la terre : Monseigneur l'Archevêque de Bourges et une chèvre d'ivoire. L'Archevêque était cousin-germain de ma mère. Je l'ai vu pour la première fois au chœur, le jour de mes noces. Une jeune fille de mon temps sortait du couvent pour se marier. Quand il m'a demandé si je consentais à prendre quelqu'un pour époux, je pensais à lui ; et mon époux, un être surnaturel, tout revêtu d'or et de prestige mystique, éternellement lui ressemblait. Les lobes de ses oreilles mettaient deux rubis au revers argenté de l'étole. Sur trois marches de marbre noir, près de ses pieds de violette, j'étais agenouillée dans mon velours blanc. Autour de moi, des enfants à surplis le servaient comme des anges, tandis que les flammettes des cierges devenaient des étoiles prodigieuses dans la solitude de notre union. Quand je me suis relevée, j'ai rencontré Quinte, mon mari. Jamais je n'ai consenti à la joie de Quinte près de moi, et si je laissais tomber la robe triste que j'ai revêtue au soir de mes noces, on pourrait retrouver intact le corselet cerise et lis de ma jeunesse. Si Quinte parfois m'a baisé le cœur, il a touché la pierre la plus froide. J'ai semé des images de mort dans l'alcôve d'amour et rempli la paillasse de notre lit de cendres et de fleurs fanées. Il n'a jamais su que j'étais jolie. J'ai gardé du pire adultère ma jeunesse, mon âme, toute la joie, laissant à Quinte ce que je ne pouvais me réserver et qui n'avait pas de prix. — La chèvre d'ivoire ? je l'ai volée dans le salon d'une très grande dame qui la fait chercher encore à grands frais par toute la ville. Elle est enfermée dans mon secrétaire à triple tour et j'entretiens autour d'elle des roses toujours fraîches. Elle est toute seule à moi seule, bien à moi, rien qu'à moi, semblable à moi-même, plus précieuse pour moi que l'univers de Dieu. Monsieur le Curé, pouvez-vous me donner l'absolution ? »

Madame Quinte ne prend plus sa chaufferette, ni le paroissien emmitouflé de velours, pour venir à la messe en retard, car elle y arrive en retard. Madame Quinte a fait tomber les poussières de ses potiches et de ses tentures tristes, — disposé une faveur bleue dans ses cheveux gris. Elle a poli ses ongles qui semblent moins ce soir des épines d'argent que de rose vive.

— « Voyez-vous, dit Marie, ces oreilles minuscules sur cette tête de colosse. Elles sont d'un effet touchant. Où les avez-vous prises, Georges, vos petites oreilles ? »

Elle effleure complaisamment du doigt, en passant, le visage du mâle qui frissonne. Elle lui demande ensuite à mi-voix pourquoi il porte cravate rouge puisqu'il est blond. Jacqueline prétend qu'elle le veut ainsi, parce qu'elle est brune.

Georges, distrait, se tourne vers Madame Quinte :

— « Savez-vous, Madame, lui dit-il, qu'il y avait dans le roman que vous m'avez prêté hier soir quelqu'un pour vous ressembler, — qui était femme et un peu fée, aussi jeune que ses filles parfois, toujours plus belle. »

Madame Quinte :

— « Entendez-vous, Jacqueline, les galanteries de votre fiancé à votre mère ? »

— « Chattes ! » pensait Georges, qui avait l'habitude des femmes.

— « Trois milliers de francs. Il doit trois milliers de francs à une femme. Mon fils, j'aimerais mieux voir la mort de Jacqueline que son mariage. Savez-vous ce qu'on dit de ce grand diable d'homme ? Qu'il a promené toutes les servantes de la ville dans nos bois avant ses fiançailles, — qu'il y emmène les patronnes maintenant et jusqu'à la femme du maire. Il passe ses journées chez vous et auprès de la bouchère du coin ses nuits. Deux autres folles de leur corps s'y réunissent pour qu'il s'en soit donné avec elles trois avant l'aurore. C'est un démon. Tout le monde « bien » prétend qu'il est le Diable en chair et en feu. »

— « Ma mère, un fait nous suffit. Cet homme doit trois milliers de francs à une femme », dit Monsieur Quinte imperturbable.

Madame Quinte, la bru, les interrompt :

— « Vous avez l'esprit de vitriol, belle-mère. Vous brûlez ce que vous touchez. Quinte se laisse prendre à votre flamme. Georges s'est confié à moi. Toutes les femmes sont jalouses de lui ; en est-il cause ? et si vous êtes si sévère pour lui, c'est qu'il ne vous préfère pas à moi. Georges s'en est remis de tout à celle qui lui plaisait. Il me l'a juré par le nom de Jacqueline : Depuis son entrée dans notre maison, il n'a vu le ventre d'aucune femme. »

— « Qu'est-ce ? Mesdames », dit Monsieur Quinte. « Je trouve, ma mère, que vos contes ne seyent guère à votre âge, et quant à vous, ma chère, vous me faites regretter la réserve habituelle de votre bouche et la discrétion où vous vous teniez depuis le matin jusqu'au soir dans votre chambre... »

— « Eh bien ! Monsieur, si vous voulez, repart Madame Quinte la bru, que nous exprimions discrètement des indiscrétions qui sont naturelles : Georges s'est diverti. Tous les hommes se sont divertis, sauf Quinte. Mais Georges n'est pas un malhonnête homme. Une femme l'aimait. Elle ne voyait pas un autre moyen d'être aimée que pour son or. Elle a tellement insisté pour l'obliger qu'il a cédé. Mais il n'était pas homme à se vendre. Il a pris l'or qu'on lui donnait, sans se donner, avec l'intention de restituer plus tard. Ne trouvez-vous pas le fait admirable ? »

MARIE ET GEORGES :

MARIE : Pourquoi riiez-vous si fort devant « l'Ami des Plaisirs », avec Lou, Georges ? Vous regardiez ma fenêtre, en mordillant le cœur de cette rose dont j'avais pitié, que vous m'avez jetée ?

GEORGES : A quoi je pensais ? Je lui disais que j'allais changer de fiancée, que j'avais déjà changé d'amour, que vous seriez ma maîtresse avant deux semaines.

MARIE : Et demain, serez marié à Jacqueline.

Le mariage des Quinte.

Les cloches de l'église vont sonner. Jacqueline est immobile dans sa robe blanche, près de la fenêtre. Elle regarde la foule qui se range devant le porche pour la voir passer. Marie va et vient parmi le désordre de leur chambre de jeunes filles autour d'une statue qu'elle veut respecter infiniment.

Madame Quinte entre, suivie de Georges.

MARIE : « Avez-vous pris quelque chose ? »

GEORGES : « Non, j'étais si las. »

MADAME QUINTE : « Vite un lait chaud, notre bon chocolat, du rhum. »

MARIE, *rentrant avec du lait :* « Savez-vous, Georges, ce que m'a dit notre servante ? que vous la rendiez triste, à force d'être beau en noir et blanc. »

JACQUELINE : « Ce n'est pas comme papa. Il me rend triste, lui, à force d'être laid. Il ne s'est pas fait faire un costume nouveau pour mes noces. On dirait toujours qu'il va aux enterrements. »

LA SERVANTE, *entrant :* « Tout le monde connaît la jaquette grise de not' Monsieur. Sans elle, on n'aurait pas reconnu Monsieur Quinte. »

Et de rire.

MADAME QUINTE : « Georges, souvenez-vous que vous m'accompagnez ? »

GEORGES : « Il me faut avouer, Madame, que votre distinction m'intimide un peu. Je ne saurai pas marcher à votre côté. Apprenez-moi. »

Il prend le bras de Madame Quinte.

MARIE : « Voyons, Georges, vous rendez maman trop contente, à lui parler de sa distinction. Une grande dame s'appuie quelquefois sur son laquais. »

JACQUELINE : « Georges, agrafez ce gant de supplice. »

GEORGES, *à peine bas :* « Ce soir, dégraferons corsage et corset. »

Les cloches sonnent. Entrent les Douceron, les Bompart, les Grandet, Madame Babet, Madame Quinte mère.

— « Georges, Georges », crient Marie et Jacqueline. « Venez voir grand'mère dans son alpaga. »

Madame Quinte, la bru, à voix basse, près du marié dont elle a pris le bras :

— « Tout le temps de l'office, je triomphe de ma belle-mère. »

Madame Quinte, mère, au bras de Babet, sourit derrière ses bésicles bleues et de façon à être entendue de tout le monde :

— « Elles en sont coiffées toutes les trois. » *Puis*

elle les contrefait chacune à tour de rôle : — « Georges, Georges, Georges ! »

Les cloches ne sonnent plus. Les Douceron, les Bompart se rangent. Au bras de son père, Jacqueline s'avance. Suivent Marie et Lou. D'autres couples viennent ; Georges et Madame Quinte ferment le cortège qu'on dirait formé en leur honneur, tant la curiosité, l'admiration, les murmures se resserrent, se réservent, comme pour éclater sur leur passage.

— « Marie ! »

Madame Quinte s'est levée lentement de son fauteuil. Elle s'approche de la porte qui n'a jamais été fermée depuis vingt ans entre elle et ses filles. Cette porte est fermée. Madame Quinte appelle encore une fois :

— « Marie ! »

Et impérieusement, elle presse de tout son corps. La targette improvisée se brise. Madame Quinte voit Marie et Georges. Elle les voit près de la fenêtre où ils accourent du lit, les yeux ivres, les mains folles. Georges essaie de rire bruyamment. Il dit :

— « Nous regardions le sacristain se griser à « l'Ami des Plaisirs », — tandis que Madame Quinte, presque morte, regagne son fauteuil. Elle n'a pas dit une parole. Elle a refermé la porte sur eux. A quoi Madame Quinte peut-elle bien penser dans son fauteuil ce soir ?

Madame Quinte essaie de pleurer. Ses filles sont différentes et loin d'elle. Marie et Jacqueline lui sont étrangères. Madame Quinte ne peut pas pleurer. Ses mauvaises pensées aussi lui sont étrangères. Elle ne pleurerait pas pour une mauvaise pensée. Elle cherche la raison de la tristesse, toute sèche, sans larmes, qu'elle éprouve. Elle regarde ses mains maigres qui s'effritent, quand elles se caressent l'une l'autre. Elle sourit à ses mains et puis elle regarde en elle-même. Elle voit comme le lit de l'Océan, il s'était desséché dans son âme. Elle cherche la cause de sa tristesse. La cause de sa tristesse n'est pas celle que l'on croirait ni celle qu'elle croit.

Madame Quinte ne dort plus jamais. Du fond de l'alcôve où elle est assise cette nuit, elle suit, qui erre sur les murs tristes de sa chambre, le reflet pâle du cierge de Madame de Richemont.

Quinte ne partage que son lit. Toute seule, elle porte son angoisse. Quelqu'un de loin s'avance-t-il pas dans la rue ? Il approcherait. Rêve-t-elle ? Près de sa fenêtre on sanglote, on pleure, on a appelé :

— « Maman. »

Madame Quinte s'est levée. Elle se penche sur la rue. Elle voit dans sa chemise de nuit blanche, les pieds sanglants, une petite fille, qu'elle reconnaît.

— « Il a voulu me tuer. »

C'est la voix de Jacqueline.

Le lendemain, Madame Quinte et Georges.

MADAME QUINTE : « Georges, Georges, je ne veux rien reprocher ni soupçonner personne. Je n'ai vu que les pauvres membres de ma fille pour en souffrir. Mais je souffrirais surtout de sa plus grande douleur, qu'elle ne connaît pas encore, de la douleur de son âme, si le pressentiment de vos indignités ne m'accablaient encore plus que la misère même de ma fille. Georges, Georges, quelle raison avez-vous de faire une malheureuse et encore une malheureuse plus malheureuse ? »

Georges froidement, lentement, de plus en plus lentement :

— « Quelle raison ? Quelle raison ? Il vous appartient bien, Madame, de me demander mes raisons, quand je pourrais dire les vôtres et que vous m'avez marié à votre fille pour me rapprocher de vous ? Toutes les femmes ont été amoureuses de moi, mais j'affirme que jamais aucune femme ne m'a aimé plus affreusement que vous faites. »

Une semaine après, la mort de Madame Quinte.

Madame Quinte dans le délire :

— « La Chèvre ! L'Archevêque ! Georges ! La pauvre Chèvre d'ivoire !

« Était-ce l'Archevêque ou bien Georges ? C'était Monseigneur qu'elle aimait. Il était tout spirituel.

« Quinte ! ni chair, ni esprit...

« Et puis ce fut Georges. Il est si rose et si dodu.

« Quinte, Quinte, ni chair, ni esprit, quand je serai morte, vous prendrez la Chèvre d'ivoire précieusement, doucement pour la porter à Monseigneur de Bourges. Qu'on la couvre de roses fraîches, et dis-lui qu'il l'enferme bien à triple tour dans la crypte de son église-cathédrale, pour que personne n'ait jamais su mon crime ni ma beauté. »

VIEILLE FRANÇOISE

ou

À LA CONQUÊTE DE L'HONORABILITÉ

« Si vous ne devenez comme de petits enfants, vous n'entrerez pas dans le royaume de Dieu. »

(MATH. XVIII, 3.)

Il y avait dans la petite ville de Chaminadour une rue maudite que les honnêtes gens ne prenaient jamais. Les vieilles filles en apercevaient-elles les maisons de loin, — elles se signaient. Quand un curieux s'y aventurait le soir, après toute une vie de désir et de peur, il y menait vingt pas timides et s'en retournait, — tant la lumière de la lune s'y faisait hagarde et troublante, parfois splendide jusqu'à donner de l'aveuglement. Les chats y avaient les allures du malin esprit. De vieilles femmes ivres sur leur seuil, en robe sérieuse, y connaissaient le geste des somnambules pour attirer l'homme et qu'il partageât leur hystérie. Elles soulevaient chacune le rideau de sa porte, dès qu'il approchait, — et l'on entendait dans l'ombre de la chambre le soupir d'une fille nue.

Vieille Françoise habitait cette rue des Tanneries depuis longtemps. Il lui en coûtait. Elle en voulait sortir. Dût-elle se contenter d'une mansarde, elle aurait laissé volontiers les trois pièces de sa maison, la cour, le grenier, le jardin où poussaient les scabieuses et les belles-de-nuit près d'une charmille. Souvent elle arrêtait son choix, mais dès qu'on apprenait qu'elle venait des Tanneries, les futurs voisins pétitionnaient et le propriétaire se récusait ironiquement. Vieille Françoise pleurait, se décourageait, et après quelques mois recommençait de chercher un logement honnête.

Un soir, des meubles insolites que des hommes noirs qu'on n'avait jamais vus portaient avec des précautions amoureuses, traversèrent la grande place, l'avenue royale et vinrent s'échouer devant une belle maison de la rue du Commerce. Les Chantaumois [1] étonnés par cette procession touchante de misères qu'une vieille femme accompagne et ses trois petits enfants, — s'interrogèrent. Le boucher, qui demeurait au rez-de-chaussée de la maison dont Vieille Françoise occuperait les galetas, lui fit comprendre sa mauvaise humeur : elle pensait à sa vie, comme elle avait souffert. Elle aurait oublié volontiers pourtant ce jour-là ses propres angoisses, toutes les larmes, et comment sa mère l'avait conduite un beau matin de sa jeunesse dans les Tanneries pour la vendre à un vieux marchand de drap. Elle se rappelait qu'on l'avait battue d'abord pour la faire danser et puis qu'on l'avait battue encore pour l'empêcher de danser. Il n'y avait que d'un tout jeune garçon, beau et doux, vrai ange, dont elle se souvînt sans amertume, avec qui elle avait joué dans son petit village natal. Ils allaient ensemble au Mois de Marie, cueillaient des fleurs sans connaître le mal, quand elle était trop près de sa naissance pour que sa mère se souciât

1. Ainsi désignait-on, du nom du Fort-Chantaume qui dominait la ville, les habitants de Chaminadour.

d'elle. Une fraîcheur invincible lui venait de ce souvenir, et comme un remords ou le bon désir, une nostalgie indéfinissable, tout l'enseignement moral.

Vieille Françoise ce soir songeait surtout à ses filles qu'elle avait vues partir de bonne heure loin de sa maison dans les grandes villes — et revenir semblables à des princesses au bras d'un prince charmant inconnu qui l'appelait « mère ». Comme ce n'était jamais le même individu et qu'il eût été difficile de retenir le nom de chacun, attendu qu'ils jouaient tous le même rôle auprès de ses filles, Vieille Françoise les appelait « lui ». Celles-ci avaient la main et le pied délicats, très soignés : Françoise se mettait à leurs genoux pour nouer le lacet de leurs souliers garnis de perles. Elle ne les aimait pas tout à fait pour ce luxe, mais parce qu'elles reviendraient sans lui : elles revenaient en effet bientôt tuméfiées et tristes, inconsolables, le corps en lambeaux, l'âme déjà en allée. Françoise séchait leurs larmes sans un reproche, les soignait, attendait leur mort dans la patience. Deux étaient mortes déjà. Une troisième s'était mariée. L'ivrogne qui l'avait prise à son compte chez lui, lui faisait un enfant par année. Françoise recevait dans ses pauvres bras las, — le jour des couches — le petit, pour le garder et le nourrir. Deux dernières princesses lointaines vivaient dans son âme. Les reverrait-elle ? Comment les retrouverait-elle ? Un redoublement d'amour l'avait saisie pour ses petits-enfants. Elle ne voulait pas du moins qu'ils eussent sa vie ni la vie de ses enfants. Il fallait les sauver à tout prix, et c'est pour eux qu'elle quittait le faubourg infâme, qu'elle subissait avec une sorte de joie intérieure ce soir et dans l'esprit d'une humilité nouvelle, — le regard de tout Chantaumois sur ses meubles honteux, — le chuchotement méprisant à son approche des voisins qu'elle allait avoir pour ses derniers jours, — et jusqu'à l'insulte du boucher qui lui ouvrait malgré lui la porte de la maison où elle allait mourir.

Elle savait bien qu'une de ses filles, la plus jeune, seule sage, vierge encore hier, celle qui demeurerait avec elle toujours, — s'était donnée au régisseur la veille pour obtenir ce droit de passage. Vieille Françoise ne connaissait pas l'exemple de Marie l'Égyptienne, mais n'éprouvait pas non plus, — pour l'amour de ce qu'elle sauvait, — de scrupule. Elle songeait à l'orgueil qu'il ne faut pas apporter, quand on est si bas, dans le choix des moyens de son salut.

Vieille Françoise portait les jupons que ses filles lui envoyaient. Ils étaient quelquefois à volants ou à pompons, de satin broché ou de soie pompadour. Elle les cachait sous un tablier de droguet gris qui l'enveloppait bien toute. Si des empiècements de chemise à dentelles ou des cache-corset brodés bardaient de luxe sa pauvre vieille poitrine maigre, ce n'était pas sa faute. Elle s'en revêtait pour se vêtir, ne donnant d'attention et d'amour qu'à son caraco de coton noir le plus simple, sans un pli, où elle enfermait bien exactement ces trésors et sa petite personne. Une coiffe de mousseline blanche, paysanne, qu'elle n'avait jamais voulu quitter malgré sa mère et les hommes, auréolait encore son visage. Son visage parlait de ses peines. Chaque ride en décrivait la courbe et la profondeur. Il n'y avait pas de place qui ne fût marquée sur son corps par la vie impitoyable. On y remarquait des taches bleues, violettes et noires comme des fleurs peintes, — des traces légèrement vertdegrisées ou incolores de morsures et comme l'empreinte même du fer rouge. Mais un sourire qui ne s'effaçait jamais, son regard dans le cadre de la coiffe blanche illuminaient tout ce qui l'approchait. Chacun finissait par voir sa face comme on regarde d'affreuses ruines où le soleil avant de s'éteindre se reposerait dans la splendeur.

Elle serait patiente. Elle savait bien qu'elle possèderait la terre à force d'intelligence et d'humilité, — ce qui est la douceur. Un soir, elle était restée très tard dans la rue sur le pas de la porte de l'escalier, où elle se tenait rarement par discrétion. Toutes les maisons autour d'elle étaient fermées : — « Le monde est couché », dit-elle. Comme elle prenait l'air avec bonheur, — l'air des honnêtes gens, — quand ils n'en voulaient plus prendre et se retiraient dans leurs alcôves ! Elle s'aperçut bientôt que Madame Pô, une voisine, était seule à veiller derrière son contrevent et qu'elle paraissait inquiète. Françoise de se dire que c'est le moment d'acheter une cruche. Madame Pô, marchande de poterie, est heureuse de vendre une cruche et de trouver une distraction à son angoisse. Peut-être sera-t-elle heureuse un peu plus tard de disposer d'une confidente ? Françoise lui sourit bonnement pour l'engager à ne pas être aussi discrète. Madame Pô va jusque sur le seuil regarder — de l'un et de l'autre côté de la rue — si personne ne vient : « Mes filles sont parties en pèlerinage à Notre-Dame de Consolation. Le dernier train est en gare depuis longtemps. Je l'ai entendu siffler. L'omnibus vient de passer. Leur serait-il arrivé malheur ? » Françoise dit une parole douce et insignifiante. Mais voilà qu'elle conte une histoire. Ces demoiselles arrivent enfin avec des amis. Quand elles voient leur mère occupée à s'entretenir avec une des Tanneries et qu'elles l'entendent la saluer poliment, — à cause de leurs amis elles sont humiliées. Cependant éprouvent-elles que leur mère à cause de la visite de cette femme se fait plus patiente et ne leur sait pas mauvais gré du retard, — elles regrettent de ne l'avoir pas saluée. Le lendemain, devant tout le monde, au marché, elles lui donneront le bonjour. Françoise en est tout étonnée et en reste droite comme un plâtre. Ces demoiselles pour des oracles sont tenues; beaucoup règlent leur conduite sur elles. Vieille Françoise remarque sur le chemin de son retour que les visages les plus sévères commencent à lui sourire. Ces demoiselles Pô ramasseront les restes du déjeuner qu'on ne donnera pas au chien ce jour-là, qu'elles envoient à Françoise, que Françoise jettera, mais dont elle viendra les remercier avec un agenouillement de tout son être, comme de n'avoir pas eu faim grâce à elles.

Il ne faut pas avoir de répugnance. Françoise fait maintenant sa cour à la servante du boucher. Celle-ci est jeune, coquette et pieuse. Quand elle revient de la messe, toute parée, elle est bien impropre à plumer la volaille du déjeuner. Françoise voit cette fille en robe de fête commencer la servile besogne. Elle s'approche de la fenêtre qui donne sur la cour et timidement propose de l'aider. La servante, le premier jour, fait mine de ne pas l'entendre, mais elle réfléchit durant la semaine; le dimanche suivant, elle cèdera à la tentation d'être aidée par une femme des Tanneries... Et Françoise descend dans la cour du boucher. La servante la recommande à tout le monde de la maison et l'y installe. Françoise se croit en paradis sur la vieille chaise de paille qu'on lui abandonne. Elle se sent enivrée par la lumière qui tombe tout droit, du ciel qu'elle ne voit pas, — sur elle. Les plumes blanches qu'elle touche lui paraissent blanches comme la Blancheur qu'on désire de voir et qu'on ne voit jamais sur la terre. Elle est heureuse. Elle entend la voix de la bouchère, une grande dame habillée de satin noir qui est tout près d'elle avec une croix de jais sur sa poitrine. Les plumes blanches volent autour de ses deux mains qu'elle rencontre dans sa joie toutes nimbées, comme des amis qu'on avait connus malheureux et qu'on retrouve dans le bonheur.

Après des semaines, la servante un matin de dimanche appelle Françoise par son petit nom : « Françoise ! »

Françoise lui dit : « Alors, c'est bien vrai. Maintenant vous me considérez comme une servante comme vous. »

La jeune fille s'étonne un peu de ce transport incompréhensible. Elle ira le même soir chez Madame Pô et lui dira : — « Eh bien ! ces gens des Tanneries dont nous redoutions le voisinage ?

— Ils sont comme les autres, dit Madame Pô.

— Meilleurs que les autres, renchérit la servante. Cette Françoise me rend tant de services et toujours avec la même douceur.

— Meilleurs que nous, convient Madame Pô. Un soir elle m'a tenu bonne compagnie.

— Ce matin, elle m'a fait me réjouir, moi, d'être

servante. Je n'avais jamais songé à être contente de cela. »

Bientôt la bouchère fait appeler Françoise. Elle lui dit :

« Il faut mettre vos petites filles à l'école chrétienne.

— Oh ! Je le voudrais bien, Madame, pour qu'elles aient vos principes. Mais les Sœurs ne voudront pas les recevoir. Ces dames sont difficiles. Elles n'aiment pas tout le monde. Trois fois déjà, elles m'ont refusé leur porte.

— Il est vrai, elles ont leurs raisons pour ne pas admettre n'importe qui, mais je vous recommanderai. »

Françoise rentre chez elle. C'était l'été. Le soir, leurs fenêtres ouvertes, sa fille la plus jeune qui était sage lui lisait un journal démocratique. Elles causaient très fort de façon que tous les bourgeois d'alentour qui parlaient bas derrière leurs persiennes fermées, suivaient le verbiage et en étaient incommodés. Quand elles étaient couchées toutes deux, chacune dans un lit, elles continuaient à s'entretenir encore plus fort de tout ce qu'elles pensaient, — ouvertement, sans rien dissimuler. Les enfants se mêlaient à leurs propos. Il n'y avait que ces criailleries qui les retinssent étrangères — « faubourignières », disait-on, par mépris, pour faubouriennes, — et elles étaient en effet une colonie du faubourg, tout un petit faubourg en villégiature, — dans ce quartier quasi-aristocratique. Toute aristocratie est relative.

— « Pourquoi ne lisez-vous pas la *Croix ?* » lui dit la bouchère un jour. Ce mot aurait dû la faire se mettre en garde.

Sans doute, si Françoise était entrée chez le notaire du premier étage, lui eût-il dit :

— « Pourquoi ne lisez-vous pas le *Gaulois* ou le *Figaro ?* »

Ce soir, la fille de Françoise, qui n'aimait guère les façons des religieuses, ne leur ménagea pas les épithètes les plus décolletées. Elles s'endormirent. A peine s'étaient-elles endormies qu'un petit garçon les appela d'une voix douloureuse :

— « Grand'mère Françoise, père est mort. »

Françoise se leva toute droite. Elle songea à tout ce qui pouvait lui rendre pitoyable celui dont on lui annonçait la fin, repoussa par délicatesse le premier de tous les motifs de joie qu'elle pouvait tirer d'un événement désiré mille fois, ne prit qu'un jupon autour de ses jambes, un fichu sur sa tête. Elle emportait la petite Marie entre ses bras, pour qu'elle pût voir encore son père. Vieille Françoise partit dans cet appareil à travers les rues mal pavées sans lumière jusqu'aux Tanneries, et ses pieds nus sortaient à chaque instant de ses sabots de bois qui réveillèrent toute la ville. L'enfant, qui marchait auprès d'elle dans le chemin lui dit :

— « Hier soir, « il » est rentré tard, en criant. Il était ivre. Il a encore bu et il est sorti. Ce matin, on l'a trouvé mort dans le fossé. Deux boueurs nous le rapportent. »

L'enfant qui était fier et courageux méprisait l'ivrogne qui par aventure était son père. Il ne s'effrayait pas devant la mort. Il disait tout cela sans larmes. Françoise pleurait. Quand elle fut entrée dans la maison, elle abandonna tout de suite la petite Marie. Des médecins, autour du lit qu'on avait tiré au milieu de la chambre, avaient dévêtu le cadavre et l'examinaient. La veuve, une grande brune aux yeux bleus très durs, se tenait dans un coin où elle tremblait pâle et peureuse, son regard d'acier fixé sur le côté du mur qui était nu et où il y avait de la lumière. Françoise était moins impressionnée que sa fille. Elle n'était impressionnée que par la mort. Elle interrogea les médecins qui ne lui répondirent pas. Le gendarme qui se tenait près de la porte emmena sa fille qui ne lui demanda rien avant de partir. La petite Marie qu'on avait oubliée dans son coin voyait le cadavre de son père nu devant elle. Elle semblait curieuse et ne pleurait pas.

Petite Marie, à sept ans, portait déjà sur le monde les beaux yeux obstinés de sa mère ; les boucles de ses cheveux courts, dorés, dansaient comme des grelots de folie autour de son front pâle et sur son cou grassouillet. Dès qu'elle regardait quelqu'un, elle l'avait conquis, et vous parlait-elle sur un ton sérieux, d'une voix plus grave qu'on ne l'attendait, comme elle répétait à chaque phrase vos nom, prénoms et qualités, vous ne pouviez pas entendre ce verbiage étrangement solennel dans la bouche d'une petite fille et ne pas être intimidé devant vous-même en même temps que décidé à vouloir ce qu'elle voulait : sa grand'mère la ramenait de la prison où elle allait voir sa mère, tous les dimanches. La bouchère s'avance vers elles deux :

— « Mais oui, Madame la bouchère Pierre Bincourt, dit Marie, nous venons de voir ma mère. » Et elle ajoutait, sans prendre le temps de respirer : « Maintenant, c'est fini. Ces dames ne voudront plus de moi dans leur Providence, Madame la bouchère Pierre Bincourt. »

La bouchère stupéfaite regarda Françoise qui balbutiait. Le ton d'autorité de Marie les déconcertait toutes les deux.

Le lendemain, les religieuses faisaient dire à Françoise qu'elles étaient disposées à recevoir « les petites ». La veille, la Providence n'aurait pas reçu ces petites filles, parce que leurs parents parlaient trop fort dans leur chambre. Ce matin, elle les recevra parce qu'il y a une générosité manifeste à ne pas rejeter des enfants dont la mère a peut-être tué.

Marie, ses petites sœurs et un cousin s'en vont presque heureux dans le mois de mai, de grand matin. Françoise les regarde s'éloigner. Elle les suit jusque très loin du regard. Ils se retournent pour la voir de temps en temps et jusqu'au bout de la rue encore, quand elle ne peut plus les apercevoir. Ils arrivent devant un grand portail vert qu'ils contemplent comme la porte d'une maison de fée. Jamais ils n'ont vu de tout près des religieuses. Elles ne doivent pas avoir une voix pareille à celle des autres femmes de la terre, à cause de leur robe toute blanche. Ils se souviennent un instant de la maîtresse qu'ils ont quittée, noire et en noir, laide et vieille, avec des lunettes sur un nez plein de tabac. Marie rêve les allées fleuries du jardin où se promènent indéfiniment les douces dames immaculées. Elle n'ose pas se soulever sur la pointe de ses sabots pour frapper le heurtoir. Ils écoutent, tous les trois, comme respirer des anges. Marie se hisse. Elle frappe. Une trappe grince. Une vieille émissaire infirme, qui porte un bandeau rouge sur l'œil droit et traîne des pantoufles de corde, leur apparaît. Elle dit durement, simplement : « Vous êtes les petites-filles de la Françoise. Dites à votre grand'mère que notre bonne Mère Supérieure a des regrets. Il n'y a plus de place pour vous dans la Providence. » La porte s'est refermée. Les deux plus petits pleurent. Marie ne les console pas. Elle leur dit : — « J'ai vu derrière la vieille dans le fond de la galerie un grand joujou d'argent pendre au mur. C'est ce qu'on appelle le Bon Dieu. Il y en a chez Madame Pierre Bincourt, la bouchère. Comme on doit bien s'amuser avec ça, à l'habiller, à le bercer, à le faire dormir. Ça étend les bras, c'est tout en argent, et ça fait une figure douce comme les poupées des petites filles riches. Je l'aurais pris dans mes deux mains et vous l'auriez caressé. » Les deux petits ne l'ont pas écoutée. Marie pense maintenant à sa grand'mère. Vieille Françoise est toute contente de savoir ses petites-filles dans la Providence, sous la bonne garde des Dames blanches, pour toujours. Elle les voit dans l'avenir heureuses et honorées, elle invite le reste du monde à se réjouir avec elle. Les revendeuses, assises entre un paquet d'oignons et une botte de perce-neige, l'en ont félicitée tour à tour. Mais qu'aperçoit-elle au bout de la rue ? ses petites-filles revenir toutes guindées et tristes dans leurs sarraus noirs, neufs, qu'elle leur a cousus toute la nuit. Ses yeux en sont fatigués. Elle croit qu'ils papillotent et voient sur le ciel bleu le coton brillant des sarraus trembler, pour l'avoir regardé trop longtemps sous la lampe. Mais comme elle retrouve sur la rue toujours de plus près et obstinément l'image des trois petits Polichinelles, Vieille Françoise se décide à rentrer chez elle bien vite. Elle ne veut pas être humiliée devant le monde des marchands qui regardent trois enfants s'avancer et les interrogent sur leurs larmes.

La fille de Françoise n'est plus en prison. Aucun juge de ce monde n'a pu établir qu'elle ait tué. Une autre de ses filles revient de loin la voir. Elle est la maîtresse d'un prince russe et porte un manteau de dentelle au point d'Angleterre. Son luxe ne scandalise pas les femmes de la rue du Commerce que la beauté attire plus qu'elles n'écoutent leur conscience. Leur jalousie non plus ne songe à s'émouvoir, tant elles sont différentes. Madame Bincourt, la bouchère, daigne faire une visite à cette « folle de son corps » :

— « Ma bonne Françoise, dites-lui que nous sommes pour vous des amis. »

Françoise tressaille, à ce nom d' « amis ». La princesse qui hait les façons ne veut pas se découvrir.

Un soir, Françoise exige qu'elle fasse une promenade avec elle :

— « Pour faire honneur à ta mère », lui dit Françoise.

A peine sont-elles dans la rue qu'une femme et puis deux, trois se lèvent pour venir au-devant d'elles. Toutes prononcent, comme un mot rituel, un mot poli devant Françoise qu'elles connaissent, pour approcher l'étrange créature qu'elles ne connaissent pas. Elles ont déjà touché la frange de son vêtement. Elles en admirent le détail, l'harmonie. Il y en a dix et puis vingt qui s'assemblent et soulèvent de leurs mains inélégantes un coin de la précieuse dentelle. Les autres attendent leur tour, comme on fait queue pour baiser les reliques de sainte Geneviève. Le soleil a presque disparu. Elles ont moins peur d'approcher leurs yeux de ce qui est fastueux et maudit. Les enfants mêmes ont laissé leurs jouets pour rejoindre leur mère et partager l'émotion que donne une prostituée. C'est à qui sollicitera la grâce d'être admis le lendemain auprès d'elle. Celle-ci veut relever le patron de son corsage ; celle-là le dessin de la broderie de son manteau. Vieille Françoise a vraiment achevé ce soir la conquête de son quartier. Mais voilà qu'elle serait tentée de mépriser sa conquête !

Elle ne négligera pourtant aucun de ses « devoirs » ni la discrétion. Il y a un mort dans la maison « d'en face ». Avant qu'on le mette en bière, toutes les voisines vont le voir et le bénir. Françoise ne veut pas sonner pour elle-même à la porte mortuaire. Elle attend qu'arrive un autre visiteur. Elle entre derrière lui. On la remarque à peine. Elle regarde le mort ; elle admire comme les honnêtes gens se conduisent avec les morts : le cierge allumé près du buis, la mousseline tendue sur le visage et sur les miroirs, la pendule arrêtée comme avec le cœur. Mais demande-t-on si un ami voudrait veiller à cause du chagrin et de la fatigue des parents qui ne dorment pas depuis des semaines, tout le monde s'excuse de ne le pouvoir faire ce soir. Vieille Françoise alors timidement s'avance et, sans espérer qu'on lui fasse l'honneur d'accepter ses services, propose de garder le cadavre des honnêtes gens. On accepte, sans la remercier, comme il est naturel. On lui enverra de l'argent le lendemain, pour la payer.

A quelques mois de là, Marie joue sur la Petite Place. Une dame et une religieuse causent près d'elle sous un marronnier. Marie suspend son jeu.

Elle se tient debout à l'écart, ses mains croisées, pour regarder — tranquillement, longtemps de ses grands yeux attentifs — la religieuse. Elle la regarde comme on est en extase, sans rien voir d'autre, sans détourner la tête ni son attention, sans baisser une seule fois ses paupières, sans penser à autre chose qu'à ce qu'elle voit et à désirer de l'approcher. La religieuse s'aperçoit bientôt de l'admiration extraordinaire dont elle est l'objet. Elle appelle l'enfant : « Pourquoi me regardes-tu ainsi ? — Madame la Sœur Sainte-Béatrice, je vous aime. Si vous ne m'aviez pas parlé à ce moment, je serais devenue malade. » Le lendemain, les trois petits enfants de Françoise entraient au couvent de la Providence. Sœur Béatrice, toute blanche et belle sous le manteau, vint leur ouvrir. Marie demanda tout de suite qu'on lui donnât dans ses mains le Bon Dieu qu'elle avait vu certain jour d'angoisse de si loin et tant désiré de toucher. Sœur Béatrice fit descendre sur le sarrau noir de Marie le grand Crucifix d'argent qu'elle regardait et soutenait à grand'peine, tandis que sa petite sœur et son petit cousin le caressaient timidement, comme elle avait prophétisé. Tout à coup, elle leur dit à voix basse : « Il ressemble à l'homme saoul que maman a fait mourir. » Sœur Béatrice mit son doigt sur la bouche de la petite fille qui ajoutait : « Je l'ai vu tout nu comme celui-ci est d'argent. On m'a dit que c'était mon père. »

Bientôt, les petites-filles de Françoise firent leur première communion. Vieille Françoise dut se confesser. Madame Bincourt, la bouchère, et Sœur Béatrice le voulaient. Elles la conduisirent à Monsieur le Curé et il se trouva que ce fut le petit garçon, vrai ange, avec qui elle avait cueilli des fleurs à la campagne pour le Mois de Marie, — qui la confessa. Il fut doux à ses péchés, comme qui n'a jamais connu le mal, et elle retrouva la joie dont elle avait porté toute sa vie la nostalgie. Elle se leva le lendemain de bonne heure pour communier dans la grande église toute fleurie, comme un petit bois où l'on aurait allumé de grandes lumières, en l'honneur de ses petites-filles. Les orgues chantaient. Elle pensa aux Tanneries, d'où elle était sortie avec les siens. Quel chemin parcouru depuis, douloureusement, jusqu'à la Terre Promise. Est-ce qu'elle croyait au Bon Dieu maintenant? Ses yeux se remplirent de larmes à cette réflexion, comme si elle se fût attendrie sur sa propre bonté. Le vieux prêtre penchait à ce moment vers elle son front pur et lui donnait l'Hostie. Elle se sentit toute de blancheur et souriait. Madame Bincourt la bouchère et Sœur Béatrice avaient peine à la soutenir. Vieille Françoise souriait toujours. Les orgues donnaient plus d'allégresse. Elles s'élevèrent tout à coup jusqu'à l'enthousiasme. Chacun et tout participait comme à l'apothéose de quelqu'un. Les honnêtes femmes avaient le désir de s'incliner devant celle des Tanneries qui s'avançait. Vieille Françoise souriait toujours. Comme elle souriait étrangement! Tous les enfants de la première communion qui regagnaient leurs bancs semblaient lui faire escorte avec des cierges. Ses deux petites-filles en mousseline blanche venaient au-devant d'elle pour l'embrasser. Elle leur dit : — « On va jouer à la poule perchée. »

Les reconnaissait-elle ? Elle se mit à sauter trois fois sur un pied et puis sur l'autre pied. Sœur Béatrice lui fit un reproche. Vieille Françoise souriait toujours. Elle venait de retourner en enfance.

NOÉMIE BODEAU

ou

LA MORTE MAQUILLÉE

L'Enfer et les yeux des hommes sont insatiables.

(Ps. 27-20.)

Noémie vécut sa première enfance à la campagne. Quand elle eut dix ans, sa mère vint s'établir « à la ville », où elle ouvrit un magasin. Mme Bodeau était de ces femmes à figure simiesque, dont la laideur sauvegarde le cœur. Elle aimait ses enfants comme une bête et pour user le reste brutal de sa vie s'était donné deux passions : l'avarice et le travail. Si elle avait consenti à venir vivre au milieu de l'herbe avec ses beaux-parents, depuis la mort de son mari que la tuberculose lui avait enlevé, c'était dans l'espoir secret d'y refaire ses économies et d'y mieux protéger un instant la santé de ses filles. Elle comptait cependant chaque soir, avant de monter au lit, sa bourse pour voir si elle ne pourrait pas bientôt acheter un fonds d'épicerie dans la sous-préfecture voisine. Durant cette opération, Noémie, l'aînée, regardait sur le mur, au lieu de s'endormir, l'ombre plate du visage de sa mère. Quelquefois les arceaux que décrivaient les mèches des cheveux raides autour de la bouche édentée la faisaient rire aux éclats : sa mère lui demandait ce qu'elle avait. Alors, Noémie prenait courageusement la tête affreuse de cette femme à même ses petits bras nus et lui disait : « Mère, t'es laide, t'es laide, mais je t'aime bien pire que si t'étais jolie. » La mère, qui attachait moins d'importance au reproche qu'à l'amitié, achevait d'établir dans les bras de sa fille la différence qui subsistait entre la somme qu'elle possédait et celle qui lui était nécessaire pour acheter une épicerie.

Dès que Noémie et sa sœur furent arrivées à la ville, leur mère les envoya régulièrement en classe. Mme Bodeau avait doublé son rêve d'épicerie d'une ferblanterie et l'épicerie-ferblanterie masquait un « meublé ». On louait une chambre pour un mois chez Mme Bodeau et puis bientôt pour huit jours ; ensuite ce fut pour une nuit ; plus tard pour une heure. La ville était petite ; le scandale était grand. Il arriva enfin que Noémie entendit une voix d'homme ou de femme appeler sa mère sur les minuit. Mme Bodeau se levait. Elle faisait se lever ses filles. On descendait à la cuisine où la mère allumait du feu près des pieds nus de Noémie étonnée. Les petites n'osaient pas questionner cette femme qui s'agenouillait devant elles pour les préserver du froid : « Ce sont de pauvres gens, leur dit-elle une fois, qui n'ont pas de lit. Il faut bien que nous leur fassions la charité de leur prêter le nôtre. » Noémie entrait dans le premier mois du catéchisme de sa première communion ; elle lisait une histoire des Saints ; elle était très édifiée par sa mère. A cause du parfum cependant qu'avaient laissé dans l'escalier, dans la chambre et jusque dans les rideaux de l'alcôve les étrangers, elle allait ne plus comprendre : « Les pauvres ne sont pas si embaumés. » Mais le lépreux de sainte Élisabeth, qui était pour Noémie un sachet de lavande, voulut bien être de connivence avec Mme Bodeau contre Noémie jusqu'au dimanche. Ce jour-là, Noémie à l'heure de l'hospitalité fit semblant de prendre l'escalier et rentra dans la chambre de sa mère. Après l'avoir cherchée longtemps par toute la maison, celle-ci la découvrit sur sa petite chaise de petite fille de douze ans assise tranquille, qui regardait un homme et une femme inconnus s'embrasser.

L'école communale était dirigée par une famille étrangère qui en avait accaparé tous les emplois. Mme Decambos et ses trois nièces préparaient au certificat d'études primaires les petites filles du peuple de Chaminadour, gratuitement. Ces dames, plus rudes que des hommes ordinaires, donnaient de parti-pris ou à plaisir, pour le plaisir du parti-pris peut-être, dans la vulgarité et l'insensibilité. C'était leur manière à elles de réagir contre la dévotion et de présenter la science, décorées qu'elles étaient, toutes les quatre, des palmes académiques. Leurs voix déchiraient de bonne heure les tympans délicats des petites filles et leur vocabulaire le cœur des mamans qui avaient été encore bien élevées pour trois francs par mois par les Sœurs de Saint-François de Sales. Docile, Noémie prit sans difficulté l'empreinte hardie de la maison. Sa bouche se chargea, dès qu'elle sut parler correctement, de grossièretés et sa voix toute menue s'enflait déjà d'intonations brutales.

Elle lisait tout ce qui tombait sous sa main. Les livres à dix sous, qui lui étaient offerts sur une planche soutenue par deux tringles auprès de la devanture de Mme Pô, n'étaient pas de nature à élever son âme ni à lui présenter le monde en beauté. Elle n'avait pas besoin d'ailleurs de voir le monde plus beau qu'il n'était ni d'avoir plus d'élévation morale que n'en exigeait la droiture. Elle était simple et vraie. Elle savait bien que sa mère avait un profil de singe et qu'elle la faisait se lever la nuit pour faire coucher à sa place une « chanteuse » et son amant, ce qui ne l'empêchait pas de reconnaître aussi que sa mère avait du courage, de l'économie et qu'elle aimait ses deux filles après tout, tout de suite après son « épicerie-ferblanterie-meublé ».

Quand sa petite sœur fut morte, à son tour Noémie toussa. Le docteur vint certain hiver. S'adressant à sa mère, elle entendit qu'il disait : « On ne tardera pas à vous l'exposer dans l'épicerie. Je vous avais prévenue. Il lui fallait la campagne. » Mme Bodeau répondit : « C'est bien agréable en effet d'être l'esclave de ces Bodeau toute ma vie. D'abord ça été le père. Maintenant ce seraient les filles. Ici au moins j'ai mon épicerie et ma ferblanterie qui me distraient. » — « Ainsi c'est comme vous avez voulu, Madame Bodeau. » Elle sortit à l'appel du timbre pour « servir » un paquet de bougies.

Noémie avec sa voix de portefaix, son vocabulaire de marchande des quatre-saisons et sa sincérité à toute épreuve fut bientôt connue de toute la ville et adorée de son quartier ; cynique à treize ans, la vie s'était bien pressée de cuirasser contre elle ce petit cœur de fille.

Quand Noémie travaillait, elle travaillait « en sourde », derrière son carreau de couturière. On ne l'entendait pas. On l'apercevait. Le trou de mur où elle se logeait était étroit comme le tonneau de

Diogène. Si les garçons bouchers du quartier venaient la taquiner, avant qu'elle eût fini, elle les rebiffait. Elle les traitait moins mal cependant que s'ils eussent été « calicots », parce qu'ils se portaient mieux et faisaient moins de façons. Ce qui étonnait, c'est que, dès qu'elle s'était radoucie, Noémie prît toujours la peine d'expliquer poliment qu'elle n'était pas comme sa mère, qu'elle n'aimait pas le travail, qu'elle ne travaillait si sérieuse que parce qu'elle était paresseuse au fond, qu'un fil de laine l'arracherait à son ouvrage, qu'il fallait avoir pitié de son humeur et ne pas la distraire, que ce serait la torturer, qu'elle aimerait tant d'être couchée « éternellement » au milieu d'un pré sous de grands arbres, avec le soleil.

Le soir au crépuscule, elle tenait le dé devant sa porte et tout le quartier se réunissait autour d'elle. Sa verve était unique. Elle aurait amusé les pierres. On eût dit qu'elle convoquait tous les « hochets » de la ville, depuis le chasseur nègre du Café Continental jusqu'aux annamites de la manufacture de tabac. Pour le plaisir de contrefaire ces derniers, elle essayait de les faire rire aux éclats les premiers. Ils ne se fâchaient pas, croyant qu'elle riait, quand elle contrefaisait leur étroite grimace en « i, i, i », et ne sachant pas ce qu'elle faisait, quand elle riait. Pour le plaisir encore de scandaliser, elle asseyait le nègre sur ses genoux et l'embrassait au grand scandale des dévotes qui refermaient bruyamment leurs fenêtres et leur double-rideau sur un cierge inutile, allumé en se signant.

Noémie avait toujours de chaque côté d'elle ces soirs-là Deszereau le repasseur de couteaux et Nezblanc le marchand de brochures à dix sous, qui était le neveu de Mme Pô. Deszereau le repasseur habitait les combles que lui louait Mme Bodeau, sous le même toit que Noémie. Il était très malpropre, ce qui excitait la pitié de Noémie, en mesurant sa sympathie, mais très distingué de silhouette, ce qui la consolait de voir tant de silhouettes propres et insignifiantes. On soupçonnait la mère Deszereau de l'avoir eu des œuvres de l'ancien maire de la ville. Le lorgnon qu'il portait achevait de confirmer cette rumeur. Outre que les gens du peuple n'ont pas le moyen de naître avec des yeux postiches, feu son prétendu père en portait une paire. Il faut avouer que Deszereau avait plus l'air d'un enployé de mairie crasseux que d'un rémouleur bien lavé. Il servait d'ailleurs le plus communément de « badifou » au charcutier Vernaudon, un bossu géant, qui, de concert avec Noémie, aimait la société de « la misère » et à rire d'elle, et à la faire rire avec eux d'elle-même. Il arrivait souvent que Deszereau, surnommé « Ladèche » sortait de chez Vernaudon avec une queue de porc bien placée dans le dos entre les deux basques de son habit de cérémonie ou la figure, sans qu'il s'en doutât, peinte de sang. On profitait du dimanche pour le grimer : il montait ainsi vermillonné, comme un triomphateur de la Rome antique, escorté de cent gamins qui l'invectivaient jusque sur la place d'Armes, et pénétrait à l'heure des vêpres dans l'église, pour y remplir sa mystique fonction dominicale de souffleur des grandes orgues.

Nezblanc était plus effacé ; grand, mince et subtil, friable comme la monnaie du Pape, il parlait du nez : un canard ; et sa femme l'obligeait à lui lire des romans et des journaux toute la nuit : elle dormait tout le temps qu'il lisait et s'éveillait dès qu'il ne lisait plus, pour lui dire de continuer. Il est vrai qu'elle le laissait dormir un peu le matin, pour le tromper plus facilement, dès qu'elle se levait. Le reste du jour, elle l'agonisait. Les voisins, qui en furent longtemps incommodés, ne se seraient plus passés du ronronnement de cette lecture. Noémie l'entendait de chez elle toute la première. Elle aimait Nezblanc pour l'insomnie de ses nuits, pour son assoupissement de l'aurore et pour le supplice de ses journées. Elle se serait bien plu à cocufier ouvertement Mme Nezblanc, si Nezblanc lui eût plu, sous le prétexte de venger Nezblanc et pour l'amour de faire une farce, s'il n'en était allé aussi de sa vertu, bien qu'elle eût coutume de dire que c'était un grand danger pour la vertu que d'y attacher trop d'importance et que toutes ces filles, qui portent leur « puceron » comme un Saint-Sacrement, à la première entrave le laissent tomber sur le communal ; surtout elle pensait que Nezblanc n'en demandait pas tant lui-même pour être heureux et qu'il lui suffisait à elle de paraître l'avoir séduit, pour tourmenter sa femme. Aussi se mit-elle à le cajoler le soir et à lui donner la première place à sa gauche intimement sur le pas de sa porte, quand le chasseur nègre du Continental venait monter sur ses genoux de vierge et que les annamites de la manufacture de tabac la visitaient, leurs poches remplies de harengs saurs et de bananes. Rageuse, Mme Nezblanc les observait de sa fenêtre. De la chaussée, on eût pu voir son petit nez de brune, tout piqué des vers, de colère remuer. Neuf heures sonnaient ; elle criait un « Nezblanc » qui faisait un bruit de feutre déchiré et déchirait le cœur de Nezblanc jusqu'à la ceinture.

Mme Pô ne pouvait pas voir Noémie. Elle lui fermait souvent la porte sur le visage, quand elle entrait ou la lui jetait sur les talons, quand elle sortait. Noémie ne se fâchait pas. Pour pouvoir continuer à se moquer des gens, il ne faut pas se brouiller tout à fait avec eux, avait-elle coutume de dire. Le crucifix de porcelaine de Mme Pô surtout donnait le fou rire à Noémie, quand elle le voyait sortir en promenade. Elle le confiait à Nezblanc qui n'osait pas la suivre dans les facéties qu'elle imaginait sur sa vénérée tante. La mort semblait à Noémie une chose si froide, si pâle, si immobile qu'il n'y faut pas prendre garde, ni la regarder ni la toucher. Elle n'avait vu qu'un mort qu'on lui avait fait embrasser si jeune, son père : elle regrettait de l'avoir embrassé : c'était si pâle, si froid, si immobile, toujours là au fond de sa vie. Aussi le grand emblème tout blanc que Mme Pô conduisait par la ville de cadavre en cadavre lui était-il antipathique. A quoi bon cette image encore d'une réalité déjà si excessive ? Elle s'emportait. L'élève des anticléricales Mmes Decambos, décorées des palmes académiques, se réveillait. Quand sa sœur était tombée malade, elle s'était enfuie, de peur de la voir mourir. Pour s'étourdir elle se moquait de la mort, des morts, du Crucifix, et organisait comme un chef-d'œuvre digne d'amuser une ville entière, l'assassinat du père Moity :

Il y avait un vieux savetier qui occupait une échoppe au coin de la place du Marché avec sa femme. Ils étaient bien tranquilles tous les deux, trop tranquilles depuis cinquante ans, si « bien polis », tout timides : Noémie en éprouvait une démangeaison particulière. Il fallait les « émotionner » un peu. Un soir, — c'était une veille de fête, — le père Moity venait de fermer ses volets pour travailler sous la lampe. La mère Moity était montée se coucher. Neuf heures et demie sonnaient. Dès neuf heures et demie tout le monde sommeille dans la ville, excepté Nezblanc qui entonne ses « matines » sur la barre du lit de sa femme et le savetier qui bat la semelle des autres.

Noémie traverse la place, accompagnée de Vernaudon le bossu. Le bossu porte un seau de sang et un pistolet, Noémie la grande seringue dont le maréchal-ferrant se sert pour donner des lavements aux chevaux malades. Le père Moity frappe sur la semelle allègrement. On aperçoit par le trou du bec-de-cane la lueur de sa lampe qui vacille en mesure, à tous les gestes qu'il fait. Noémie plonge dans le seau de sang la seringue immense qu'elle introduit toute gorgée dans le trou du bec-de-cane. Vernaudon, un peu plus bas, par un jour du contrevent fait pénétrer son pistolet chargé de pois. Une, deux. La détonation attendue part, suivie d'un cri horrible. La lampe est éteinte, Mme Moity descend de sa chambre en robe de nuit, sa bougie dans une main.

Elle voit du sang partout qui dégoutte du plafond, des murs, de la lampe. Le père Moity baigne dans son sang. Plus morte que vive, Mme Moity gémit que Moity est mort. Toute la ville s'éveille. Il y a bientôt deux cents personnes sur la place. Le premier vicaire arrive qui murmure une absolution désolée. La foule s'écarte. Les gendarmes font une entrée solennelle.

Chacun regarde avec horreur le plafond, les murs, la lampe, le parquet inondés de sang. Le docteur Taillandier soulève la victime sur son bras : « Le père Moity n'est pas mort », déclare-t-il visiblement ému. Un « Ah ! » satisfait s'élève de la foule.

Mme Moity est à genoux dans sa chemise blanche, sa bougie toujours allumée dans une main aux pieds d'un gendarme terrifié.

Toutes les voisines ont apporté leur lampe.

— « Où avez-vous été frappé ? » demande le médecin.

— « En « plein temple », monsieur le docteur. Je suis mort. »

— « Par une matraque, un revolver ? »

— « Je sais pas, monsieur le médecin, mais me voilà mort. »

— « Déshabillez-le. »

Les voisines et les gendarmes avec une petite Sœur des malades, tout de suite au bruit accourue, déshabillent le père Moity. M. le premier vicaire tire à lui discrètement les battants de la porte de l'échoppe et monte la garde pour la décence. Mais le médecin, plus perplexe qu'étouffé, se fâche contre le vicaire. On rouvre toute grande la petite porte. Il fait clair de lune. La ville est au grand complet sur la place : Le père Moity est tout nu ; M. Taillandier le tâte :

— « Je ne trouve pas trace de blessure ; vous n'êtes même pas égratigné, père Moity. »

— « Mais, monsieur Taillandier, vous voyez bien que je suis un homme assassiné. »

Le Dr Taillandier se touche le front, se frotte les yeux, passe une allumette habillée de coton dans son oreille droite, se tâte à son tour, et puis recommence l'examen, ausculte :

— « M'avoir assassiné, moi, qui ne demandais rien à « âme qui vive ». »

Les pans de la redingote souillés de sang se trémoussent.

Le médecin branle la tête. Le père Moity montre d'un geste circulaire son sang qui est sur le plafond, sur les murs, sur la lampe, sur le parquet :

« Il faut bien qu'ils m'aient « éclabaudi ». »

Le soir, Noémie et Vernaudon son charcutier vinrent ensemble faire une visite au père Moity, qui malgré l'attestation, les constatations et les protestations du docteur, malgré l'évidence même, persistait à se croire mort :

— « Tout ce sang, tant de sang, tout « mon » sang au plafond, sur les murs, sur la lampe... Il faut bien qu'ils m'aient... »

— « Mystifié. »

— « Mystifié ? qu'est-ce que c'est ? »

— « C'est des esprits qui reviennent faire des tours sur la terre à ceux qui sont trop tranquilles », explique Noémie.

Le père et la mère Moity la regardaient tout ahuris.

— « Et je vous parierais, dit Vernaudon, que ce sang n'est pas du sang de Moity mais bel et bien du sang de porc. Je m'y connais. »

Le père et la mère Moity étaient rassurés.

Toute la ville apprit sans retard que cette farce avait été imaginée par Noémie et son bossu, mais jamais le père et la mère Moity ne s'en doutèrent.

Un peu plus tard, — on était à la veille de la fête de Mme Pô, — Noémie et Vernaudon rêvaient de la mystifier à son tour. Comme la nuit était tombée, que tout le monde venait de s'endormir, ils gagnèrent tous les deux la rue de l'Église, prirent l'impasse de la Cure. Monseigneur l'Archiprêtre de Chemal de Bagnères ne fermait jamais ses portes par esprit de pauvreté. Son jardin était rempli de phénix, de camélias et de pommiers d'amour, qui servaient à l'ornement des reposoirs tous les ans le jour de l'Adoration Perpétuelle du Saint-Sacrement et tous les sept ans la semaine des ostensions des Corps Saints. Noémie choisit deux lauriers-roses monumentaux que Vernaudon prit à brassée contre son cœur de géant bossu.

La fête de Mme Pô battait son plein, quand ils arrivèrent devant la poterie. Mme Pô donnait un festin à ses gendres en l'honneur d'elle. Noémie frappa. La vieille dame, toute rechignée, vint ouvrir : — « Bonne fête, madame Pô. » Vernaudon entrait avec les lauriers-roses. — « C'est pour votre Crucifix, madame Pô », flattait Noémie. — « Vous êtes bien gentille. Mon pauvre bon Dieu va se croire en Paradis. Ça, c'est une intention qui me plaît. Si l'on veut obtenir quelque chose de moi, il n'y a qu'à gâter mon crucifix, ma petite Noémie. » Jamais Mme Pô n'avait seulement appelé Noémie « Noémie ». Elle l'appelait par mépris « Mademoiselle Bodeau », « gros comme le bras ». Déjà Vernaudon le bossu avait déposé les deux arbres de chaque côté de Dieu. Mme Pô, le cœur gonflé de souvenirs, allait d'un placard à l'autre, cherchant des liqueurs éventées et des gâteaux couverts de poussière. Noémie s'était assise tout de suite à côté de son ami Nezblanc le neveu, pour voir de plus près travailler les vers du petit nez noir de sa femme.

Le lendemain, comme Mme Pô arrosait les deux lauriers-roses bien plus grands qu'elle, qu'elle avait placés de chaque côté de sa porte pour leur faire prendre l'air, M. le curé passa. Il ne la salua pas.

Quelques instants plus tard, elle voyait arriver le sacristain avec ce mot sur une carte et une brouette :

— « Si avant ce soir, les deux lauriers-roses que j'ai vus devant votre porte n'ont pas été remis à leur place dans le jardin de mon presbytère ou à l'église, je préviendrai la police. Votre Archiprêtre. »

Mme Pô entra dans l'indignation :

— « Pour qui Monseigneur l'Archiprêtre de Bagnères me prend-il ? »

Elle dit de qui lui venait le cadeau. En déclinant les noms de Noémie et de Vernaudon, un doute la saisit. Mais quel beau rêve elle avait fait depuis la veille, grâce à deux voleurs ? Il lui semblait que les jardins suspendus de Babylone avaient dormi sous son toit toute la nuit et que le sacristain de Chaminadour les emportait sur sa brouette.

Elle pleurait. Toute la ville était « dessus les portes » pour voir passer le jardin d'une nuit du Bon Dieu de porcelaine. Vernaudon et Noémie, l'une de sa fenêtre, l'autre en face derrière le rideau de sa porte, se gaussaient de Mme Pô qui baissait ses volets une heure plus tôt, en signe de confusion.

Dès que Monseigneur l'Archiprêtre de Chemal de Bagnères eut appris la genèse du larcin, il rit à douillette déboutonnée et fit retourner à Mme Pô, qui se crut une Sémiramis, les deux lauriers-roses sur la brouette du sacristain, en la priant de l'excuser, sans avoir oublié de faire joindre un pommier d'amour nain bien dodu que le sacristain devait déposer en passant chez Noémie, en souvenir de ses espiègleries du catéchisme de première communion, que Mgr l'Archiprêtre de Chemal de Bagnères avait daigné ne pas oublier.

Un soir, c'était la chiromancienne Tata Mite qui passait, une très vieille femme à ventre pointu dont la robe levait jusqu'aux genoux et traînait dans la boue à un mètre derrière elle. Elle avait un grand nez de plâtre qui semblait boire dans sa bouche, comme une gargouille de bénitier gothique. Des cheveux noirs très détachés d'elle en masse compacte posaient une corniche de buffet de salle à manger au sommet de sa tête pâle. Plusieurs prétendaient encore l'avoir connue belle ; elle avait eu son heure de succès, quand elle régentait l'hôtel borgne du « Pou qui renifle ». On ne savait cependant quelle odeur d'enfer planait autour d'elle. Tout le monde pensait qu'elle avait dû damner quelqu'un dans sa vie : le vieux banquier Bayard qui s'était suffoqué dans sa cuvette, en revenant de la saluer. Vernaudon assurait qu'elle avait toujours un amant à quatre-vingts ans sonnés, qu'il l'avait surprise une nuit d'été sans lune à la lueur de son briquet sur les dix heures dans « la charrière » de Sainte-Cécile avec le vieux marchand de couleurs, Bouilleron le septuagénaire.

Noémie l'appelle. Les annamites se reculent. Le nègre descend des genoux de Noémie ; il gagne le trottoir, ses pieds dans le ruisseau ; Nezblanc et Deszereau du haut de leur chaise se penchent ; le petit Valstas grimpe sur le dossier du fauteuil de Noémie pour voir Tata Mite lire dans une main :

— « Noémie, dit Tata Mite. Toute petite ligne

de vie. Ligne de cœur grande, grande. Tu mourras, tu mourras bientôt, Noémie. »

Noémie frissonne de colère. Tata Mite lui répétait toujours la même chose par dépit sans doute de n'être plus jeune. Elle prend la main de Tata Mite :

— « Tata Mite, Tata Mite, vous avez un amant. Tata Mite, Tata Mite, je sais lire dans les mains mieux que vous. Je lis dans votre main le nom de votre amant. C'est le père Bouilleron, le marchand de couleurs qui a soixante-dix carnavals dans le corps. »

Tata Mite s'évanouit.

Le troisième acolyte des soirs de Noémie, Valstas, le fils de la repasseuse était grand, à près de quarante ans, comme un enfant de douze. Encore marchait-il tout courbé avec de longs bras de chimpanzé à mains velues qui traînaient sur ses souliers et dont il eût pu se servir, sans se forcer beaucoup, pour s'en aller tout naturellement à quatre pattes. Parasite royal, une tête de révolutionnaire russe de première grandeur fleurissait par hasard sur cette rognure. La mère de Valstas, aussi distinguée que son fils était mal fait, petite femme à manchettes de neige et à bonnet à tuyaux, repassait depuis le matin jusqu'au soir, depuis qu'elle était née, les coiffes de mousseline blanche et les guimpes fragiles de toutes les vieilles dames de Chaminadour dans une unique chambre très vaste qu'emplissait une table interminable. Le plateau de la table était tendu de couvertures de laine épaisses, qui le rendaient moelleux sous un drap uni d'une blancheur qui hallucinait. Il n'y avait plus que Mme Valstas dans la ville et peut-être dans le monde qui eût le goût et l'abnégation d'entreprendre et qui possédât l'art de mener à bonne fin cet apprêt subtil de dentelles qu'elle empesait, glaçait, gaufrait, godronnait, frisait, selon l'habitude millénaire de sa cliente ou le caractère de l'ouvrage. Quand on arrivait chez elle, on la voyait guindée sans effort dans sa robe à corps de drap bure avec son lorgnon de vieil émail et une chaînette d'or autour du cœur toujours à la même place, imperturbablement debout, les mains attachées à une piège de lingerie. Ce qui lui restait de linge à repasser était entassé sous un rideau près de la fenêtre à sa droite et ce qu'elle avait terminé était à sa gauche étalé sur les deux lits de l'alcôve, celui tout petit de Valstas et le sien plus grand. On la sentait à l'aise le long de sa table, grande comme un petit lac tranquille, ouaté, où surnageaient les fers noirs munis de voiles ou nus et fumants, pareils à de petits bateaux à vapeur qu'elle promenait à sa fantaisie. Qui que vous fussiez qui veniez chez elle, ce n'était qu'après avoir déposé sans empressement, comme dans un monde où rien ne se fait au hasard, son ouvrage commencé sur le lit de Valstas ou le sien et son fer encore chaud sur une console de velours cramé disposée là depuis plus d'un demi-siècle pour le recevoir à cette heure, qu'elle consentait à retirer son lorgnon et à fermer presque les yeux pour vous voir, comme si vous l'eussiez éblouie. Valstas était assis l'hiver derrière sa mère, sous le manteau de la cheminée, auprès du poêle dont les facettes ressemblaient à de bonnes joues roses ; l'été sur la fenêtre, parmi les pots d'hortensias bleus, en face d'elle. Il lisait tout haut le journal et surveillait la soupe : c'étaient ses fonctions. Quelquefois on venait le chercher pour un coup de main. Pendant la bonne saison, il aidait la nuit au vidangeur municipal, mais il ne voulait pas que sa mère le sût : c'était pour ses menus plaisirs. Noémie avait pitié de cette sublime tête révoltée qu'elle suivait, perdue les nuits d'été, à la remorque de ce corps paradoxal, au fond de tous les cloaques de la ville.

Noémie avait longtemps joué le soir avec Nezblanc sur le pas de sa porte. Elle ne croyait pas qu'il eût d'exigence : elle lui accordait une place tout près d'elle à sa droite. Que pouvait-elle faire de plus ? Cependant il ne la quittait pas des yeux. Si elle était à sa fenêtre, il se mettait à la sienne. Si elle descendait dans la rue, il l'y rejoignait. Souvent elle l'apercevait par la ville à cinquante pas derrière elle, si elle allait en commission : il l'accompagnait.

Adeline, la femme de Nezblanc, s'en aperçut et ne bougea plus de sa persienne. Le matin à sept heures, comme Nezblanc partait distribuer ses brochures dans la ville, son anxiété redoublait. La maison des Nezblanc et celle des Bodeau se touchaient. Elles donnaient sur deux rues parallèles et avaient une sortie sur chaque rue. On voyait bien Adeline aller d'une fenêtre à l'autre, mais comment tenir à la fois ces deux rues sous son regard ? Elle aperçut un matin Valstas, assis sur le trottoir au loin devant la porte de sa mère. Elle alla le trouver, toute honteuse, et lui promit dix sous par matinée pour surveiller la porte de Noémie sur la rue des Pommes. « Je me charge de la rue du Ténia », dit-elle. Valstas n'avait pas besoin de la jalousie d'Adeline pour surveiller Noémie. N'avait-il pas un cœur, lui aussi, pour avoir à son compte sa jalousie ? Que faisait-il depuis que Nezblanc était sorti à sept heures que d'épier la porte de quelqu'un ? Il prit les dix sous tout de même, et confirmé dans son doute, par acquis de conscience peut-être, certainement par un redoublement de jalousie, redoubla de vigilance.

Si Valstas et Adeline avaient eu meilleure vue d'ailleurs, ils auraient pu s'apercevoir qu'ils n'étaient pas seuls aux aguets. A la fenêtre de sa mansarde, de minute en minute, Deszereau essuyait son lorgnon. Que son angoisse était grande ! Il lui était bien égal à lui que Noémie ne fût pas à lui, mais du moins ne serait-elle pas à un Nezblanc. Qu'avait celui-ci de plus qu'un Deszereau ? il était plus petit, il était plus laid, il était plus pâle. De quel droit ? pour quel charme ? par quelle chance ? il se souvenait qu'un soir Noémie était venue lui porter de la tisane sur son grabat (il était malade) et qu'il lui avait baisé la main. Elle avait fait semblant de ne pas le voir faire et l'avait laissé sur une grosse plaisanterie qui lui avait laissé croire qu'elle se moquait de son amour. Elle avait bien la permission de se moquer de lui, mais si elle se moquait de Deszereau, elle devait se moquer aussi de Nezblanc, ou alors « il n'était plus du jeu ». Et le repasseur se mettait à battre, à mordre, à écraser entre ses doigts comme une monnaie de pape bien sèche ce neveu du Bon Dieu de porcelaine de Mme Pô, à le tuer.

Un soir, Noémie était allée chercher de l'eau à la fontaine. Nezblanc, Deszereau, Valstas étaient assis autour de son fauteuil vide. Nezblanc faisait le distingué, l'heureux, le béat, avec un ruban de velours, que Noémie lui avait donné sans doute et qu'il retournait entre ses doigts d'amadou. Valstas et Deszereau le regardaient mourir de langueur avec envie, sous les yeux de sa femme qui l'avait battu le même soir et désirait qu'avant la nuit n'importe qui l'eût écorché vif.

Valstas dit à Nezblanc :

— « Tu as l'air bien heureux, mon Félix. »

Félix baissa les yeux sur ses pommettes marquées de durillons de crasse lamés de larmes :

— « Je ne vous demande rien, n'est-ce pas ? »

Deszereau : — « Monsieur fait sa petite bouche depuis quelque temps. »

— « Il me traite comme un chien, dit Valstas, parce que je suis toujours assis sur les trottoirs. »

— « Et moi, comme un hibou, parce que je perche sur le toit. »

— « Pour qui se prend-il donc, lui ? »

— « Pour ce que je suis, ni un chien, ni un chat-huant. Suis-je cause, moi, si Noémie m'aime mieux que vous ? »

— « Lâche ! crie Deszereau. Qu'est-ce que tu dis là ? »

Valstas lui a sauté à la gorge. Les annamites et le nègre se retirent pour mieux laisser tuer quelqu'un. Deszereau donne à plaisir de grands coups de pied noirs dans le petit ventre diaphane de Félix. Les garçons bouchers tout propres s'approchent lentement pour avoir eu l'air de les séparer. Ils attendent sans doute que Félix soit mort, dans l'espoir d'être sûrs qu'on peut aller jusque-là. Le cadavre d'ailleurs ne sera pas lourd à emporter.

Adeline seule, en dehors du trio, paraissait en proie à une émotion. Elle poussait de grands cris confus dans sa fenêtre. Cependant on ne pouvait pas savoir si elle n'excitait pas Deszereau et Valstas, puisqu'elle agonisait Nezblanc.

Mais voici qu'au même moment un cortège s'avance de la place du Marché. Mme Bodeau qu'on est venu chercher en hâte sort effarée de chez elle, en camisole :

— « Noémie crache le sang. »

On la ramène de la fontaine. Vernaudon le bossu et Pilar l'Espagnol délicatement, très attentifs, la soutiennent. En enlevant le broc qu'elle venait de remplir d'eau fraîche, le sang a jailli de ses lèvres.

Les trois hommes se séparent devant cela.

Félix est pantelant, l'œil gauche presque arraché ; il ne pense pas à son mal, ni Valstas et Deszereau à leur jalousie.

« Noémie crache le sang. »

Toute la rue est en deuil.

Les annamites pleurent. Le nègre est abasourdi.

On rentre les chaises.

Noémie était belle d'une beauté vigoureuse, bien saine, très décolletée même l'hiver, ses deux bras toujours tout nus sur le monde. Intangible, elle passait comme une goutte d'eau parmi la poussière universelle, extasiait tout autour d'elle, telle une statue dans un chenil. Tous ceux qui l'approchaient se décillaient les yeux pour la voir. On eût dit qu'elle soulevait en plein soleil une pierre énorme où moisissaient des cloportes, quand elle apparaissait sur le seuil de la maison de sa mère, le soir, entre Valstas, Deszereau, Nezblanc, les annamites et son nègre, ou bien elle semblait être un rosier blanc fleuri dans une cour de forçats.

Noémie pouvait éprouver pour la laideur une pitié voisine de la tendresse. Aurait-elle pu l'aimer ?

Elle aimait depuis un an comme l'inaccessible un jeune homme d'une invraisemblable splendeur qui demeurait au deuxième étage, en face des fenêtres de Mme Bodeau. Celui-ci paraissait ne pas s'apercevoir du « petit monde » qui l'enveloppait. Il travaillait très tard la nuit, sans jamais fermer ses contrevents. Noémie se levait pour le voir tourner les pages de son livre. Elle le voyait aussi s'agenouiller après minuit et se coucher. C'était en suivant à travers le tulle à fleurs de sa vitre le jeu de son « idole » qu'elle s'était refroidie et avait hâté le dénouement d'un mal qu'elle portait depuis toujours sous l'apparence de la plus parfaite santé.

Comme Vernaudon et Pilar l'Espagnol la rapportaient sur leurs bras de la fontaine, elle avait rencontré le visage de son bien-aimé, qui se penchait de la fenêtre du deuxième sur elle. Avait-il soupçonné confusément qu'il était l'âme, la cause involontaire de ce qui se passait à cette heure dans « le petit monde » ? Il avait fait prendre des nouvelles de Noémie le lendemain. Le surlendemain il avait demandé à la voir. Dans la première conversation qu'il eut avec elle, il laissa entendre à Noémie qu'il souffrait de la solitude. Il était né en Italie. Polyglotte très apprécié des savants de sa ville, il se vantait d'avoir du sang des Médicis dans les veines. La finesse aiguë et troublante de son visage et de ses doigts translucides aurait convenu à Lorenzaccio. Il se disait poète. Il lut à Noémie en italien des vers qu'elle ne comprit pas, mais qu'elle lui fit redire toutes les fois qu'il revint. Elle était d'une si vive intelligence, d'une sensibilité si curieuse qu'elle devinait ou inventait tout ce qu'elle ignorait pour paraître le comprendre.

L'inconnu lui proposa un soir de louer en cachette pour elle à sa mère la grande chambre du premier étage qui était ornée de glaces murales et libre. Ainsi serait-elle chez elle avec lui quand il viendrait la voir. Noémie reprit ses couleurs. La plaie de son poumon se referma peu à peu. Elle voulait vivre. Avant la nuit, elle entendait comme du bout du monde Valstas et Deszereau qui disputaient derrière sa jalousie sur les chaises du trottoir. Elle les avais mis en pénitence; ils n'avaient pas le droit d'entrer dans l'arrière-boutique de l'épicerie-ferblanterie, où elle se tenait sur une chaise-longue. Nezblanc ne descendait plus de sa fenêtre; sa femme avait pris prétexte de « la bataille » pour le garder sous clé et le battre plus commodément à ses heures.

Noémie se souvenait du trouble qu'elle éprouvait autrefois quand Laurent d'Albula arrivait dans la rue qui était si longue et si droite qu'elle le voyait venir du plus loin possible. Dès qu'il allait seulement entrer dans le champ de sa vision, elle se troublait. Son sang frémissait en elle. Du plus profond de ses entrailles, elle était avertie qu'il approchait. Elle qui ne savait pas rougir, rougissait. Elle qui ne savait pas trembler, tremblait. Elle qui ne savait pas pleurer, pleurait. L'aimait-elle à cause de ce secret qu'il avait seul au monde de la faire rougir, trembler et pleurer. Il était si différent d'elle, si correct, si discret, timide un peu, très silencieux. Elle détestait le silence, la timidité, la discrétion, la correction dans tous les autres êtres, excepté en celui-ci. Mais comment l'aimerait-il, elle, si bruyante, si hardie, si grossière? De désespoir elle avait exagéré parfois sous ses fenêtres le bruit, la hardiesse, la grossièreté qui étaient dans sa manière d'être plutôt que dans son être, qui lui étaient habituels plutôt que naturels. Ensuite, on l'avait vue tomber dans des appréhensions, dans une susceptibilité, dans un mutisme qu'on ne lui connaissait pas et qui inquiétaient.

Cependant le soir, au moment où le soleil se couchait entre les toits au pied du clocher de l'église, Deszereau accoudé au garde-fou de sa mansarde s'ennuyait, Valstas accroupi sur son trottoir perpétuel s'ennuyait, Nezblanc et sa femme debout dans leur fenêtre unique ressemblaient à deux forçats rivés à la même chaîne dans une cellule faite à leur taille. Les garçons bouchers sous leur tablier blanc si serré à leur corps qu'ils paraissaient nus, avaient-ils été changés en statues de sel ? On apercevait sur la petite place du Marché voisine les annamites de la manufacture de tabac et le nègre du Continental tout désemparés autour d'une fontaine tachée de sang.

Au crépuscule, Noémie en robe princesse de dentelle ivoire faisait une apparition sur le petit balcon de la chambre des glaces avec le comte d'Albula. Alors tout ce « petit monde » reprenait un instant l'apparence de vivre. Noémie envoyait à Deszereau, à Valstas, aux Nezblanc, à Vernaudon des baisers. On se rassemblait sous sa fenêtre. On faisait cercle. On la félicitait sur sa mine. Le comte s'était déjà retiré pour que Noémie fût plus libre et qu'il ne se commît pas lui-même avec ce « bas-monde ». Ainsi toute cette grappe d'êtres tenait-elle à Noémie comme à une branche de la vigne dans le jardin du Père et Noémie s'attachait-elle au comte d'Albula comme la branche dorée épanouie au cep solide et ramassé qui peut la porter vers le soleil. Est-ce que le comte d'Albula éprouvait autre chose pour Noémie que la même pitié qu'elle éprouvait pour Nezblanc, pour Deszereau, pour Valstas ? A quel être était-il suspendu lui-même, dont il buvait l'effroyable pitié ?

En fermant la fenêtre un soir sur le comte d'Albula, Noémie se demanda si toute petite fille paresseuse et sous son apparente vulgarité fière, quand « une chanteuse » venait la déranger la nuit dans son sommeil, elle n'avait pas caressé ce rêve sardonique d'être « une chanteuse » à son tour et de venir plus tard faire lever sa mère pour lui louer une chambre chez elle, la grande chambre des glaces, où, couchée avec son dieu, toute sa vie, ils se verraient partout de partout aux quatre points cardinaux du ciel ?

Durant cette nuit-là, Noémie ni le comte ne dormirent. Quand ils eurent éteint la lumière, le comte avoua à Noémie qu'autrefois il avait assassiné quelqu'un. Il reçut le lendemain deux télégrammes et partit. Noémie attendit patiente de ses nouvelles. Quinze jours après le départ du comte, elle s'aperçut qu'elle était grosse. Le désespoir d'être abandonnée, le goût d'aimer toujours, l'obstination à croire qu'elle entretenait dans une perpétuelle insomnie, pour n'avoir pas à se réveiller dans le doute, la minèrent. Deux mois avant ses couches, l'hémoptysie la reprit.

Le comte l'avait prévenue d'ailleurs qu'il était une sorte d' « errant », qu'il ne s'attachait nulle part absolument qu'à lui-même. Elle lui avait répondu qu'il ne dépendait peut-être pas de lui de rester, mais d'elle de le retenir. Il lui avait même laissé entendre une fois par loyauté qu'un jour il partirait, mais il avait protesté qu'il reviendrait toujours, qu'il pourrait rester des jours, des semaines, des mois, des années, des siècles sans donner signe de vie, mais qu'il reparaîtrait toujours un jour, ne fût-ce que le dernier, devant elle pour le jugement : Il croyait à l'immortalité des êtres. Il était catholique par atavisme un peu mais surtout à cause de la résurrection de la chair qu'enseignait l'Église. Noémie aimait à entendre parler de ces choses, si rares dans la bouche d'un jeune homme, et qui étaient comme un écho du catéchisme de première communion de Mgr l'Archiprêtre de Chemal de Bagnères, à l'ombre de l'unique pommier d'amour qui l'avait suivie jusque dans sa chambre nuptiale.

Noémie alla se reposer quelque temps à la campagne chez sa grand-mère Bodeau, où elle avait joué toute petite. Elle s'y plaisait beaucoup parmi les bêtes. Elle disait : « Les ânes et les vaches croient en Dieu; mais comme moi, ils n'y pensent jamais. Les dévots veulent toujours être bons ; ils ne savent pas qu'il suffit de l'être sans le vouloir. » Le comte d'Albula avait modifié cependant le caractère de Noémie. Elle se sentait moins libre, toute gênée avec les bêtes surtout. Elle regrettait le temps où elle était insolente comme la nature et si gaie. Parfois elle essayait de courir quelques pas dans un pré, quand elle était seule, mais ce qu'elle portait du comte d'Albula alourdissait sa marche et l'obligeait à se reposer. Et puis il y avait cette confidence de la mort qu'elle avait reçue un soir qu'elle se penchait sur la fontaine de la place du Marché.

Il fallut rentrer à Chaminadour; le jour des

couches approchait. Les crachements de sang reparurent et ne cessaient plus. Aucune nouvelle ne parvenait à Noémie du comte. On vit Mme Pô faire une visite aux Bodeau. Toute la rue s'inquiéta. La mort était dans l'air, Deszereau, Valstas et Nezblanc s'orientaient vers la chambre des glaces où se passait le mystère de l'agonie. Deszereau prêtait l'oreille la nuit aux gémissements qui s'élevaient de la fenêtre entr'ouverte au-dessous de sa chambre. Valstas avait quitté le pas de porte de sa mère pour celui des Bodeau, sur lequel il montait une garde indiscrète, pour ne plus surveiller le même Nezblanc. Nezblanc devenait si triste d'ailleurs que sa femme y trouvait son compte pour rafraîchir les tortures qu'elle lui infligeait. Comme il ne disait plus une parole et refusait désormais de lire « matines », elle le tuait de coups pour lui faire avouer que c'était à cause de Noémie qu'il était muet. Certes le comte d'Albula ne les avait pas humiliés tous les trois; ils n'avaient pas été jaloux de lui, ils s'étaient enorgueillis un peu au contraire à cause d'eux-mêmes qui avaient l'honneur de partager l'amour du comte, et ils s'étaient réjouis à cause d'elle, qu'elle eût mérité la félicité de cet amour. Mais, maintenant qu'elle allait mourir, ils se sentaient tout seuls, tout petits, d'une si grande misère dans une ombre si obscure; c'était comme si « leur lumière à eux » s'en allait. Aussi Valstas s'enfonçait-il plus profondément dans son cloaque d'été et davantage Deszereau s'enveloppait-il de la poussière de son éternelle meule. Les durillons de crasse du visage de Nezblanc s'épaississaient sous l'éclat de larmes plus nombreuses. Ils se posaient des questions nouvelles, trop graves pour eux à propos de l'existence des hommes et ils épiaient tous les trois de leur coin avec jalousie la mort.

Enfin la petite fille pleurait ; elle était née dès le matin ; c'était une fille. A mesure que l'enfant approchait de la vie, la mère approchait de la mort. On eût pu calculer l'accélération de leur empressement mutuel à se fuir. Quand la petite fut lavée, Noémie demanda à la voir : « Voilà donc, dit-elle, notre comtesse d'Albula. Comme elle est laide. Elle ressemble à ma mère. Enfin, elle sera peut-être avare et courageuse. » Et elle l'embrassa. « Et puis, ajoutait-elle, elle aura une fille qui me ressemblera. Tout le monde m'a dit que ma grand-mère était belle et que je ressemblais à ma grand-mère, que j'étais son portrait, « tout sué ».

Mme Pô était seule au chevet de Noémie. C'était elle qui lui avait présenté sa fille. Elle lui dit : — « Il faudrait bien faire baptiser ce bout. » Mme Pô ne songeait pas au baptême de l'enfant, mais à l'extrême-onction de la mère. Elle cachait un sacrement derrière l'autre. Les baptêmes n'étaient pas de son domaine, mais « d'ondoyer » les morts. Noémie ne répondit pas. Il est vrai qu'elle rabâcha toute la nuit, en crachant son reste de sang, que le comte d'Albula était lié avec l'Archiprêtre de Chemal de Bagnères. Depuis quatre jours, on télégraphiait aux quatre coins de la France, en Italie, en Allemagne, pour annoncer au fugitif l'agonie de Noémie et la naissance de sa fille. Aucune réponse ne se faisait prévoir. Peut-être monseigneur l'Archiprêtre saurait-il indiquer la trace de son pénitent fidèle : cependant Noémie lui parlerait de son infidèle amant : quelle confession délicieuse ! elle s'y préparait.

Les bancs des revendeuses encombraient la rue ; les kyrielles de dames qu'escorte une servante chargée d'un panier de provisions, passaient, le marché battait son plein, onze heures sonnaient, quand monseigneur l'Archiprêtre de Chemal de Bagnères entra chez Mme Pô avec les Saintes-Huiles. Il était très grand, mince ; une démarche dandinée, élégante ; une belle tête chauve de bénédictin anglais, monochrome, d'un jaune ardent légèrement orangé et lisse, qu'étreignaient de monumentales lunettes d'or. On apercevait cette tache sublime de lumière à travers les carreaux gris de la vieille dame qui expliquait sous les lauriers-roses, au pied du crucifix de porcelaine, sans oublier de se faire valoir, en omettant l'essentiel des autres, la situation de Noémie.

A onze heures un quart, monseigneur l'Archiprêtre sortait de chez Mme Pô en surplis, l'étole violette dans sa main. Derrière lui, Mme Pô portait les Saintes-Huiles, un de ses petits-fils, le parrain, l'eau bénite, et une de ses petites-filles, la marraine, le buis. Valstas, Nezblanc et Deszereau soulevèrent en même temps leur épaule droite, pour essayer de pallier leur émotion qu'une larme tôt jaillie dénonçait au monde, quand ils virent passer la procession. En entrant dans la chambre de Noémie, la première chose que vit monseigneur de Chemal de Bagnères fut son pommier d'amour et il le remercia tacitement du prétexte qu'il lui fournissait de commencer par une plaisanterie son œuvre, bien malgré lui, funèbre.

Déjà il baptisait :

— « Si ce pommier d'amour est à moi, comment ne serais-je pas dans une maison qui m'appartienne ? » balbutiait-il. Habile, presque hypocrite une fois par amour, Noémie, en toussant, du fond de son alcôve l'appela : — « Monsieur l'Archiprêtre se souvient-il de ma première communion ? » Le vieillard fit signe mystérieusement que « oui » d'une très éloquente mimique des yeux et des mains ecclésiastiquement rapprochées : — « Nous voyons tant de sottes ; on se grave chaque année les quelques esprits... » Elle rougit : « Vous savez ce qu'il m'a fait ? » — « Qui cela ? » — « Le comte d'Albula. » — « Le comte d'Albula ! » — « C'est lui qui est le père de la petite fille que vous venez de baptiser ! » L'Archiprêtre daigna se lever pour aller à l'autre extrémité de la chambre considérer « le bambino ». Il murmura : « Sa fille ! » — « Et puis, mon père, il est parti ; je vais mourir. Je ne le verrai jamais. Je l'aimais. Je l'aimais... » Un crachement de sang et des larmes l'interrompirent. « On a écrit, télégraphié partout. C'est fini. » L'Archiprêtre : — « Pourquoi n'est-on pas venu me trouver tout de suite ? Ne suis-je pas le Père ? On ne s'en souvient jamais : Vous n'ignorez pas que d'Albula est un savant. Il se cache un peu partout, où il peut, pour travailler. Il est si brillant. S'il se montrait, le monde s'emparerait de lui et les siens l'enchaîneraient pour le garder. Il a quitté Chaminadour, parce qu'il n'y travaillait plus, à cause de vous sans doute. C'est une espèce de troglodyte. Personne jamais n'est admis que moi à savoir dans quel trou il se cache sur la terre. Je l'avais ici abrité quelques jours sous mon manteau de comte romain. Mais il est très loin à cette heure, ma petite Noémie, très loin. Il est sur le Sinaï pour y faire des fouilles à propos du code du roi Hammourabi, concernant l'origine du Décalogue. » Noémie respirait plus fort. Elle poussa un cri déchirant : — « Sinaï. Le Sinaï. Je ne le reverrai jamais, jamais. Je l'aime tant. » L'Archiprêtre affirma qu'il télégraphierait le jour même. Noémie roulait en elle : — « Est-ce le moment de faire des recherches sur le Décalogue quand je meurs par sa faute ? Qu'importe l'origine des lois divines dont il viole la cinquième et la neuvième en moi-même ? » L'Archiprêtre dit simplement, un peu froidement : — « Il est bon, mais c'est un savant ; d'Albula se doit à la vérité d'abord et à vous ensuite. C'est elle qui est la première de ses maîtresses, la seule qui ne lui sera pas imputée à péché. Il expiera, j'en suis sûr, le mal qu'il vous a fait, si vous y tenez, mais je suis encore plus sûr que vous n'exigez pas d'expiation. » Noémie branla la tête gravement. L'Archiprêtre alors lui dit : « — Voulez-vous vous confesser ? » Noémie : — « Vous savez bien ce que j'ai fait. Tout le monde le sait. J'ai été heureuse avec lui. C'est tout. » — « Je vais vous donner l'absolution. »

Le soir, Noémie fit redemander l'Archiprêtre. Elle se sentait plus mal. On ne pourrait rien recevoir de la Judée avant des semaines. Elle savait bien qu'elle serait morte le lendemain. Elle avait peur de la mort, de la pâleur, du froid, de l'immobilité, de la bière, du trou, une peur atroce qui la rejetait en arrière de son drap et de son lit. Elle ne songeait plus au comte. Elle ne songeait plus qu'à elle-même. Elle ne reprochait ni ne demandait rien à Dieu : — « C'est un individu qu'on connaît si mal. » Elle dit à l'Archiprêtre : — « Si vous vouliez, monsieur, nous jouerions une farce tous les deux à la mort. » L'Archiprêtre reconnut sa Noémie du catéchisme de première communion : — « Quand je serai « finie », ma mère et Mme Pô m'envelopperaient dans notre plus belle couverture et m'emporteraient sur le Maupuy où je vous supplie de me brûler de vos propres mains sur des fagots de bruyère. Je ne peux pas me voir laide, si pâle et défigurée, sans un geste, là, froide au fond d'une tombe, et s'il revient, je ne veux pas qu'il me retrouve si laide, puante, immobile, sans aucune fleur sur mes joues ni dans mes cheveux. C'est pour ça que je vous ai fait appeler, monsieur l'Archiprêtre. » — « Mon enfant, dit celui-ci, je vous aime bien. J'ai grand'pitié de vous, mais ceci est contraire aux lois de l'Église. Il faudrait que je fusse Dieu en personne pour avoir le droit de les violer. » Il réfléchit un instant. Ses lunettes monumentales étaient troubles à cause d'une larme qu'il écrasait à la dérobée sous son pouce. Noémie, calme : « Mais, monsieur l'Archiprêtre, n'est-ce pas que si vous étiez Dieu en personne, vous les violeriez, à cause de moi, les lois de l'Église ? » Timidement l'Archiprêtre répondit : — « Oui. » Il ajoutait : — « Puisque vous voulez être si belle et garder vos couleurs jusque dans la mort, n'avez-vous pas du rose et du bleu dans votre toilette ? Je dirai à une de mes pénitentes qui est la coiffeuse du théâtre de venir peindre « votre face », quand vous serez morte. Elle vous parfumera et mettra des fleurs dans vos cheveux. » Noémie s'écria : — « Que je m'en vais contente, monseigneur Dieu, que vous me parliez comme cela, à moi, si petite, vous qui l'avez connu, qui m'avez dit où il est, grâce à qui je serai belle pour lui au moins sur mon lit de morte et parfumée au fond de ma tombe. Vite que je meure, pour avoir des roses roses, une couronne de roses roses, n'est-ce pas ? Et puis vous me ferez mettre beaucoup de rouge sur mes lèvres, sur les pommettes des joues, sur les lobes des oreilles, un peu moins près des tempes dans le coin des yeux. J'aimerais bien aussi qu'on n'oublie pas de me couvrir de colliers, de bracelets, de bagues en perles de verre de toutes les couleurs ; le grand bazar en vend de très avantageuses — turquoises mortes — à la grosse. Pour le parfum, je préfère le muguet. » — « Quelle extrême-onction ! » murmura l'Archiprêtre, comme se faisant un reproche à lui-même.

Quand il fut sorti, elle demanda sa mère. La Bodeau ne lui avait pas pardonné sa liaison avec le comte. Noémie lui dit, montrant sa fille : — « Vois ton portrait. Donne-le-moi. » Et nerveuse, agitée, gaie comme une mère heureuse dans un jardin d'avril, elle prit la petite et la berça machinale, « en la chantant ». Elle « la chantait », elle la berçait machinalement, de plus en plus artificiellement, sa fille devant sa mère, et bientôt, comme on voit les petites filles toutes petites bercer elles-mêmes, pour rire, leur poupée ; enfin, comme une mécanique. Quand elle fut lasse absolument de chanter et de bercer, elle étendit la comtesse d'Albula sur ses genoux de Noémie Bodeau et mourut. Le même soir, la coiffeuse du théâtre se présenta et, pour obéir à l'ordre de monseigneur l'Archiprêtre de Chemal de Bagnères, curé de Chaminadour, son confesseur, grima consciencieusement le cadavre de Noémie.

Noémie était à peine morte que Mme Pô avait fait apporter son crucifix. On disposa le lit au milieu de la chambre pour ordonner une chapelle ardente. La

Supérieure des Annonciades célestes avait envoyé de la part de l'Archiprêtre un petit bonnet de tulle orné de roses roses; on l'en couronna. De la rue on apercevait son visage de morte maquillé juste entre les bras de porcelaine du Sauveur dont deux cierges pendants illuminaient chaque plaie des mains exsangues parmi les deux lauriers-roses de Mme Pô et sous un unique pommier d'amour. A l'heure de la sortie des écoles, tous les enfants de la ville défilèrent le long du mur de la maison « d'en face », pour admirer dans son reposoir suprême cette tête romanesque. Deszereau et Valstas vinrent ensemble la visiter. Ils s'assirent un moment; Deszereau sur une chaise près du chevet; Valstas, ne trouvant pas son trottoir habituel, sur la descente de lit. Nezblanc, quand la nuit fut tombée, trompa la surveillance d'Adeline et gravit pour la première fois l'escalier de la morte, pour laquelle il avait été battu si inutilement toute sa vie. Lui seul parmi les visiteurs, afin que son existence eût aussi sans doute sa demi-seconde atroce de volupté, avait eu l'audace, que donne le martyre suprême, de baiser la main de Noémie : Ses yeux s'étaient entr'ouverts à une heure donnée il ne savait où dans l'espace, près d'un lit de dentelle embaumé, en présence d'un objet d'ivoire fait à la mesure de ses yeux, le plus délicat, incrusté de turquoises mortes, d'opales et de rubis, qui était l'unique beauté étincelante de la lumière de deux cierges qu'il eût possédée ainsi pour l'éternité à la disposition de sa bouche. La douceur de ce baiser funèbre lui avait été si douce qu'elle le laissa comme impassible pour le reste du temps. On dut l'emmener de la chambre; il ne savait plus qui il était, ni s'il était encore, jusqu'à ce qu'il parût se reconnaître sous les griffes d'Adeline, quand on l'eut ramené chez lui. Mais comme il se croyait toujours devant le corps, il fit son signe de la croix. Alors, sa femme cessa de le battre pour le regarder. Elle avait peur de lui. Est-ce qu'il était devenu fou ? Autrefois, quand elle le battait, il pleurait. Il ne pleurait pas.

Les garçons bouchers, les calicots que Noémie aimait moins, les annamites, le nègre du Continental vinrent la voir. Mme Pô introduisait en procession les pèlerins et les cicéronait. Debout près de son crucifix, les cheveux légèrement en désordre, vraie bacchante des morts, elle répétait, même au nègre et aux annamites très émus qui ne savaient pas ce qu'elle disait : — « Sa mort est notre édification. Noémie est une sainte. » Derrière la chapelle ardente, dans un petit berceau boiteux et misérable, on entendait pleurer l'orpheline. Personne n'avait songé à la prendre dans ses bras, depuis que sa mère l'avait laissée tomber des siens. Les cadavres sont si amusants à pleurer, à peindre, à dorloter, à illuminer, à adorer, à friser, qu'on en oublie le nourrisson, comme si, — et les fourmis le savent, — la larve ne demandait pas plus d'attention que la nymphe.

Quand la cloche de l'enterrement sonna, on vit venir un vieux corbillard sans dentelle, ni hermine ni plume de Paradis. Il s'arrêta devant la porte de la ferblanterie-épicerie. Toutes les courtisanes de la ville étaient présentes, bien rangées sur ligne de deux avec leurs couronnes, leurs bannières et leurs larmes polygonales. Arrivèrent les prêtres, monseigneur l'Archiprêtre de Chemal de Bagnères avait tenu à conduire lui-même, revêtu de sa chape doublée de drap d'argent en l'honneur du comte d'Albula, le convoi de Noémie. Sous le soleil de ce midi d'été, sa tête, plus jaune-orangé que jamais, sertie de verres monumentaux et bardée de métal flamboyant ressemblait à une châsse d'or sur un palanquin. Chargée de prières lugubres, quand sa voix tomba sur le cercueil blanc, on crut entendre qui lui répondait du haut des montagnes le rire éclatant de la jeune fille qui avait animé quelques jours toute une contrée. Quelles affinités l'âme et le corps de Noémie pouvaient-ils avoir avec la mort et avec ces prêtres pleurards qui l'emportaient du monde, comme des voleurs. Mlles Pô déjà étendaient sur le drap mortuaire brodé de perles de cristal éclatantes l'entourage lourd de lis et de feuilles de palmier-amandier qu'elles avaient passé toute la nuit à construire. Le corbillard disparut enfin sous les bouquets de tous les jardins de la ville. Tout de suite derrière les prêtres, on vit se ranger avec les cierges les femmes qui avaient prévenu pour l'enterrement. Valstas et Deszereau qui avaient revêtu leur chemise blanche un peu rouillée et des gants de grosse laine blanche tricotés pour leurs étrennes par Noémie, le petit nègre du Continental, Vernaudon, trois garçons bouchers en blouse qui avaient payé des extra pour les remplacer, un calicot, le père Moity, sa casquette grise dans ses mains nues, suivaient comme des parents. Il n'y avait pas un autre homme, les annamites, malgré leurs suppliques et leurs menaces, n'ayant pas dû obtenir une permission de leur manufacture. Cependant, au moment où le corbillard s'ébranla, on entendit des criailleries, à droite, derrière une croisée qui s'ouvrit violemment. Félix Nezblanc, très pâle dans le cadre de la fenêtre, apparut qui se signait, tandis que sa femme tirait à elle son bras et le signe de croix allait de travers. Mais il resta droit, fixe, absolu, hiératique, jusqu'à ce que le corbillard eût disparu au tournant du chemin. Alors la croisée tout doucement se referma. Comme le cortège se déroulait on remarqua qui se montrait dans la porte mortuaire, — et un frisson de pitié parcourut la foule, — un petit paquet de linge blanc. Une femme le passait à une autre femme, celle-ci à une autre jusqu'à ce qu'il fût venu échouer entre les vieux bras gris de Mme Pô qui resta toute seule avec ce trésor dans le silence.

Toutes les femmes, toutes les filles de la ville, excepté Adeline qui gardait le Nezblanc aliéné et Mme Pô qui veillait sur la bâtarde, toutes les parentes de Noémie, sa mère, étaient parties, à sept kilomètres de Chaminadour, pour le petit village de la grand'mère Bodeau, où devait avoir lieu l'inhumation. Un silence inconnu planait sur la rue, comme sur une ruche d'où l'essaim vient de s'envoler à la suite d'une reine. Seule, Mme Pô restait assise devant sa porte au milieu des hommes occupés. Contente de l'œuvre achevée, elle faisait danser sur ses genoux la fille de Noémie. La petite regardait avec épouvante ce vitrail de chapelle funéraire qu'était le visage de Mme Pô, à travers lequel la vie essayait de lui sourire. Elle regardait de ses gros yeux bleus des Bodeau avec courage, tandis que sa petite bouche de comtesse d'Albula restait entr'ouverte par l'épouvante. Et elle dansait. Et elle pleura enfin de grandes larmes muettes, comme les enfants n'en pleurent pas si petits, de si grandes, sans crier. Son petit cœur se durcit. Sa petite bouche se ferma. Ses yeux, les derniers, se fermèrent. Elle s'était endormie bénévolement, domptée par la nécessité comme on se résigne, tout contre le cœur de la dame des morts, quand on entendit les dames de Chaminadour et « les filles » revenir en caquetant de l'enterrement de Noémie.

Le comte d'Albula ne revint pas. On dit qu'il envoya beaucoup d'argent, seulement beaucoup d'argent pour sa fille. Quelle stupeur, quand il reparaîtra, comme il l'a promis, le jour du jugement pour être confronté par monseigneur l'Archiprêtre avec le cadavre maquillé de Noémie, en présence de Deszereau, de Valstas et de Nezblanc glorieux.

PAUL KRAQUELIN

ou

LA CHAMBRE-SANS-FENÊTRE

PREMIÈRE PARTIE

La chambre-sans-fenêtre

Il était au milieu des bêtes et les Anges le servaient.

(Marc. I, 13.)

La chambre est sans fenêtre.

On y accède par une boutique de luthier, sorte de vestibule à devanture que meublent simplement une chaise, un comptoir et le miroir en face d'Amélie.

Au milieu de la vitrine drapée de velours moisi se dresse une harpe dédorée, magistrale; près du pédalier de cuivre deux violons sont couchés.

Dans la chambre-sans-fenêtre, des chiens et des chats partout.

Les chats se campent sur les rayons des étagères ou se blottissent dans la chaussure de ces dames Kraquelin, parmi la vaisselle et leur lingerie au fond des placards humides : Florise, Blonde, La Jolie qui a les yeux malades, Solange presque chauve pour l'eau bouillante qu'elle a reçue d'une mégère, l'Étrange aux quatre pieds rouges comme du sang.

Immobile toujours dans le même angle de la chambre, se tient assis comme un sphinx Pyrame, le lévrier d'une danseuse morphinomane, qui est morte il y a dix ans ; le lévrier si vieux est devenu sourd, mais il se lamente encore sur sa maîtresse de la même voix affreuse. Mmes Kraquelin disent qu'il ne s'entend pas pleurer. En face de lui, dans un autre coin le plus obscur, près du fauteuil de Marie, le chien de la bergère Jeanne est morne, étendu. Il pense aux larges espaces où le conduisait la bergère, va pour s'élancer à la poursuite du troupeau de blancheurs qui s'égarent : une paralysie le retient. Il rêve encore à la main de Jeanne qui, seule, bien le caressa dans sa vie et à la chèvre qui dormait avec lui l'hiver, au pied du lit de la vieille femme.

Plus loin, la Tremblote, un bouledogue, qui jamais ne se couche, balance en mouvement d'horloge son ventre blême. Ces dames voient-elles le soleil, elles conduisent à cette lumière devant leur porte la Tremblote qu'un basset de luxe, comique, gros comme le poing, accompagne. Les enfants de la ville les ont remarqués. Ils disent : « Tu sais ? le bouledogue qui s'amuse toujours avec un petit chien. » La Tremblote, qui ne se réchauffe jamais, jamais ne s'amuse, bien que ces dames aient élevé pour la distraction de sa « danse de Saint-Gui », disent-elles, ce basset de luxe aux sourire et grâce de singe.

Il y a aussi Jocrisse, le caniche, qui semble promener une tête de mort sous une écharpe de soie, — et la Pourrie, couverte d'ulcères.

Nous sommes dans la maison de suprême miséricorde, dans l'hôpital des bêtes de ces dames Kraquelin, où l'on se fait un devoir de rendre des hommages et toutes sortes de services aux plus humbles souffrants de Dieu.

Paul vient de rentrer. Il est midi.

Tristemine et Joyeuxdrille l'accompagnent.

Amélie a laissé le comptoir où elle est assise en face du miroir continuellement. Elle rejoint sa mère et sa sœur Marie, son frère Paul, dans la chambre-sans-fenêtre.

Autour de la table qu'éclaire une bougie très haute, comme d'or, placée entre les quatre gobelets, ils se rangent. Par instant le couvert bouge, la table se dresse. Chacun des convives a saisi son écuelle : La Pourrie sous leurs pieds se retourne pour rafraîchir ses plaies.

A la fin du repas, Marie laisse tomber sur Paul froidement le reproche accoutumé :

— Père n'est pas content de toi.

Les deux chattes, vieilles comme le monde, qui sont assises sur la console de la cheminée et qui n'ont pas de souvenir, le regardent :

— Père n'est pas content de toi.

Tristemine, pareille à la lune aperçue dans un coudrier, s'est installée en face de lui sur les fagots.

Son chien l'attend dans l'escalier. Le beau Joyeuxdrille, au poil fauve rayonnant, ne se résigne que le soir à entrer dans la chambre-sans-fenêtre, pour y dormir, comme de l'autre côté du monde.

Il y a trois dames Kraquelin.

Amélie est très grande et maigre. Son visage sans gloire se couronne des premiers cheveux gris. Le jeu de ses gestes est si peu varié et tous ses gestes si courts, si automatiques, si lents qu'ils hallucinent un peu, quand elle s'en va dans une robe grise aux plis de sainte femme, la tête penchée toujours du même côté. Elle porte au bout des doigts et de tout son bras tendu loin d'elle, un pain de colophane dorée que le père demande à grands cris ou de la viande crue dans du papier de paille pour une bête malade. Sa face est grise un peu comme sa robe, à peine moins que de la cendre. Ses deux yeux et ses lèvres se détachent en boules très bleues les yeux, rouges de rubis les lèvres, à la façon des pierres à vil prix qu'on voit incrustées sur les ostensoirs des églises de village. Sa démarche aux bruissements de feutre dispense la tristesse. On se demande si elle a jamais souri et, quand elle sourit, si ce n'est pas autre chose de sourire. Mais voilà qu'elle s'avance vers une bête qui languit. Le pauvre visage, presque toujours indéchiffrable, prend à l'approche d'Amélie une claire expression de joie. Amélie qui salit ce qu'elle touche a peur de se salir aux choses et aux gens. Elle lave tout ce qu'elle mange et doute de tout ce qu'on lui dit. Quand elle se tient derrière le comptoir, en face du miroir, on dirait qu'elle s'applique à se préserver du moindre contact. Ses pieds reposent à peine sur un tapis d'un bleu aussi ancien que le ciel. Elle ne s'appuie pas au dossier de sa chaise et croise ses bras sur elle-même, pour n'avoir pas à livrer trop ses mains aux objets mêmes qui lui sont le plus familiers.

Marie présente au monde sur le socle le plus abrupt qui soit un olympien profil de déesse. Plutôt d'une vierge paradisiaque est sa face, qui apparaît dans la chambre-sans-soleil, comme en la discrétion d'un cloître où éclaterait sous l'humiliation et la bure, tout le charme d'une autre Prieuse de Nuremberg. Marie est bossue. Toutes les bossues sont coquettes et fantaisistes. Sa robe est grise, comme la robe d'Amélie, mais elle a su l'agrémenter de toutes sortes de broderies de soie et dentelles d'or qu'elle demande à son frère de ramasser sur le fumier de la sacristie où il est enfant de chœur. Parée de ces oripeaux sacrés, quand elle s'avance le soir vers le père dans le petit escalier de bois et qu'une haute collerette de brocart pointe au-dessus de ses cheveux, on entend derrière elle comme le frémissement d'une chape imaginaire sur chaque degré. Marie a vécu toute sa vie dans la chambre-sans-fenêtre. Elle y brûle par journée trois bougies, assise entre la table à manger et la cheminée dans un grand fauteuil recouvert de serge rouge. Au-dessus d'elle étend ses bras un crucifix qui ressemble à une grande poupée crucifiée qu'on aurait brisée et raccommodée avec du fil noir. Les cheveux du Christ sont naturels et l'épine qui les couronne si affreuse que la face en est cachée et que sa tête retombe démesurément sur la poitrine, — comme sur sa poitrine la tête de Mme Kraquelin depuis la naissance de Paul.

Mme Kraquelin a les joues soufflées et pâles sous son bonnet à tuyaux de crêpe vert. On dirait qu'elle n'a pas de poitrine, tant sa ceinture est proche du menton et les emmanchures de son caraco proches l'une de l'autre. Ses bras paraissent menus pour la longueur de ses mains bêtes et énormes, rouges, dont elle est embarrassée et qu'elle cherche à dissimuler partout où elle peut, sous son tablier de droguet tantôt et tantôt dans les poignets de son corsage. Le bout des doigts s'y peut à peine nicher. Voilà de quoi se trouble Mme Kraquelin, tout le temps qu'elle vous débite les cent paroles dont à peine elle se souvient sur les douze sujets de conversation qui l'intéressent. Elle est semblable aux deux chattes, vieilles comme le monde, qui dorment sur la console de la cheminée et qui n'ont pas de souvenir. Mme Kraquelin est très simple. Marie est le premier mystère de la maison après le père qu'on ne voit jamais ; Amélie, le second mystère qui, visible au monde, se tient de l'autre côté du comptoir, en face du miroir, où quelquefois elle se regarde. Mme Kraquelin est très simple. Mme Kraquelin n'a pas une place qui soit à elle dans sa propre maison ; elle est la servante de ses filles et du père devant la ville ; au cours de ses commissions, s'il lui arrive de s'asseoir sur la pierre des refuges, quand elle est lasse, ou de s'agenouiller sur la chaussée pour dire une prière, dès que ses filles l'apprennent, elles lui disent : « Vous, la femme de Kraquelin, la femme de M. Kraquelin, la femme d'un artiste comme Kraquelin. » Leur mère se demande de quel lointain lui arrivent ces voix aigres qu'elle avait conçues si douces dans sa jeunesse et qui se réveillent ce soir, presque à l'heure de sa mort, pour la poursuivre comme une obsession de cauchemar. Mme Kraquelin n'a pas de place dans sa maison. Elle prend un tabouret et le dispose pour elle entre Amélie et le miroir. Son pauvre visage instinctivement s'est tourné vers la route, comme vers son domaine interminable. Si elle laisse tomber une des cent paroles dont à peine elle se souvient sur l'un des douze sujets de conversation qui l'intéressent, on lui répond : « Vous le savez bien, madame. » Alors, Mme Kraquelin range son tabouret sans colère ; elle va dans le coin le plus sombre de la chambre-sans-fenêtre, où elle gratte avec un petit pinceau trempé dans de l'huile douce les ulcères de la Pourrie, tandis que Kraquelin là-haut module une valse lente au piano. La chienne en mouvement de métronome frappe le plancher de sa queue, sa tête posée sur les genoux de la vieille femme qu'elle regarde de son regard de lumière, comme un soleil qui serait content de la bonté.

Marie est un signe de contradiction. Elle serait sorcière. Les enfants l'appellent « la femme du Diable », et, quand il a tombé de la pluie au soleil, viennent voir si elle a pleuré. Elle sourit toujours avec tant de malice fine que c'est une fête de surprendre l'esprit et la beauté qui éclatent au-dessus de ce corps difforme. L'esprit a toujours eu mauvaise réputation parmi le peuple et la plastique des bossus le trouble un peu ; une femme enceinte a peur de les retrouver dans ses enfants ; une fille belle craint de les revoir dans ses rêves et chacun sait bien qu'il ne pourrait plus dormir jamais, si Marie venait à manquer de dentelle et de robe grise, pour cacher son corps.

Amélie est le truchement. On vient lui dire : « J'ai fait un songe. » Marie répond : « Celle-ci porte un péché qui la tourmente », ou bien : « Qu'elle aille se signer près des fonts baptismaux ; si elle se confessait, elle ferait mieux. » Les femmes reconnaissent toujours ce péché que Marie dénonce. Elles baissent la tête, mais ne se signent ni ne se confessent.

Marie ne sort de la maison que deux fois par année, le jour de Pâques pour sa visite à Dieu, le jour de Toussaint pour sa visite aux morts. Le samedi-saint très tard dans la nuit elle va se confesser et ne quitte pas l'église jusqu'au lendemain, pour pouvoir passer de la pénitence à la communion sans délai. Elle sait bien qu'elle n'a pas la contrition parfaite, qu'elle ne se corrigera pas de ses défauts. Elle a voulu simplement se confesser pour communier. Sa mère, sa sœur et son frère la suivent sans réfléchir ni trop savoir ce qu'ils font que d'obéir à un commandement de l'Église.

Un jour une femme lui dit : « Il y a seulement trois siècles, on vous aurait brûlée. » Elle sourit. Marie a su se faire une religion qui ne gêne pas sa personnalité et lui laisse le droit d'être originale ; elle sait bien aussi qu'il n'y a personne de plus religieux qu'elle dans la ville. Elle sait bien que la religion est faite pour Marie et non pas Marie pour la religion. « *Sabbatum propter hominem factum est et non homo propter sabbatum* », dit le Jésus de Marc, chapitre II, XXVIIe verset.

Marie donne des leçons d'histoire à son frère Paul. M. le curé lui apprend le latin. Un jour, Marie parle de Beethoven à Paul. Il l'interrompt : « Père est-il plus grand ? »

— Dieu le sait, dit-elle.

— Dieu s'occupe de musique ? demande Paul.

— De tout.

— De la Pourrie, de moi ? Il me semble que père est grand comme Dieu. On ne le voit jamais. Il fait tant de bruit au-dessus de nous. Mais le bon Dieu est bon. Le bon Dieu est-il bon ?

Marie lui applique un soufflet.

— Pour un garçon qui sera prêtre.

— Moine, corrige Paul. M. le Curé prétend que père a raison, que je serai moine, pour l'honneur du sacerdoce... Puisque je suis niais.

Marie l'embrasse.

Elle le regardait à l'instant comme une bête. Quand il lui apparaît comme son parent ou comme si proche de l'être qui vit en haut : le père, elle ne l'embrasserait pas.

Le père, un vieillard septuagénaire, vit au premier et unique étage de la maison. Il s'y est retiré depuis la naissance de Paul, pour n'en plus redescendre jamais. Il aurait voulu mourir seul et tout entier avec sa fierté d'avoir été l'artiste qu'on ignore, entre ses deux filles vieillies dans le célibat et près de leur mère. Mais voilà que cet enfant débile et pauvre d'esprit vient menacer ses derniers jours d'une continuité possible, d'un recommencement de soi-même, d'une survivance qu'il n'a pas voulue. M. Kraquelin ne sait pas au-dessus de quel monde il dort et veille. Il promène son grand fauteuil de paille d'une extrémité de la chambre à l'autre, depuis le matin jusqu'au soir, — tel un orage irait grondant, — s'arrête auprès du violoncelle, de la contrebasse ou du piano, revient aux partitions tumultueuses, accumulées sur sa table de travail. C'est là qu'il finit toujours par s'endormir dans la contemplation muette de son œuvre. M.

Kraquelin est à ce point inaccessible et les habitudes de la maison sont si éloignées du soin des corps qu'il apparaît au jour de sa fenêtre basse, comme une statue de Titan oubliée dans un temple ancien, ou dans une chapelle chrétienne l'image de Dieu le Père qu'on ne nettoierait plus jamais par respect.

Paul revient de la montagne.

Des enfants le lapident tout le long d'une rue étroite, parce qu'il sent mauvais.

L'un d'eux lui crie :

— Tu rentres chez toi, Kraquelin ? Prends garde d'y pourrir.

— Je rentre chez moi, songe Paul. J'aime bien mieux ma maison que la montagne. Rien ne m'y est inconnu tout à fait que le père. Sur la montagne j'ai peur. La face de ma mère est bien moins effrayante que ces gouffres qu'on voit qui vous regardent toujours sous leurs paupières de rochers. Il y a chez moi, comme au ciel, nombreuses, des étoiles qui sont les yeux des chats qui nous veillent bonnement de partout toute la nuit dans la chambre-sans-fenêtre. Tristemine est bien chatte aussi blanche que la lune et je la puis prendre sur mes genoux pour la caresser. Joyeuxdrille, mon grand chien roux, me fait bien plus chaud que le soleil un midi d'été, quand j'ai froid l'hiver et que je l'ai couché sous mes deux pieds, pour dormir.

Paul, un jouet pâle et subtil pour amuser la folie d'un roi. Il n'a jamais eu de tentation. Il est simple comme une bête ou un pur esprit.

Parfois seulement il se trouble, en regardant ses mains ou ses cheveux.

Il dit, comme se le murmurant à lui-même :

— Le bonheur pour moi, c'est quand la nuit descend et que je suis dans notre maison. Ma sœur Marie qui ne m'aime pas s'en est allée vers le père. Je m'assois dans la chambre-sans-fenêtre, juste où il faut pour apercevoir ma sœur Amélie. Tout le monde veut qu'elle m'aime et je crois qu'elle s'abandonne à penser à moi, durant que la nuit descend, ses yeux baissés sur ses mains croisées, en face du miroir.

Paul arrive en retard.

Amélie lui parle amèrement.

— Je ne tremperai plus ta soupe.

Amélie prépare la soupe de Paul.

Paul réfléchit : « C'est cela sans doute que le monde appelle « aimer ».

Le matin du saint vendredi, à l'office des « Présanctifiés », Paul dans sa robe rouge d'enfant de chœur vient d'entendre lire l'Évangile selon saint Jean sur la Passion de Jésus-Christ. Il a quinze ans.

Il prie :

— Votre Père, ô Jésus, vous a abandonné, comme moi le mien. Les enfants de mon âge me lapident. Un chien hier m'a éclaboussé. L'arbre le plus aimé ce matin a laissé tomber ses branches sur mes yeux qui saignent. Comme je pleurais pour la mauvaise volonté de tous et des choses mêmes envers moi, ma mère n'a pas pleuré sur moi. Votre mère pleurait et toutes vos sœurs qui vous suivaient avec de la peine, Marthe, la Madeleine, toutes les Marie, celle de Zébédée et la mère de Jacques. Ma sœur Marie m'a dit ce matin un mot dur comme un clou dans mon âme. Et pourquoi faut-il que j'aie sur la tête ces horribles cheveux roux toujours, qui se tordent en épines autour de mon front trop blanc?

— Je suis, dit Jésus, ton père, ta mère, tes sœurs.

— Alors mon père n'est pas mon père.

— Moins que moi.

PAUL : D'où suis-je venu?

JÉSUS : Une goutte de sang qui monte de la vie profonde.

PAUL : Le père de mon père?

JÉSUS : Dieu est le père de Paul. Un rosier mort porte une rose rouge, comme une coupe de sang dans la main d'un squelette.

PAUL : Qui a greffé le rosier mort?

JÉSUS : Dieu avait encore soif.

Paul est arrivé les pieds nus auprès de la croix sans Christ qu'on a étendue sur un coussin de velours cramoisi, pour l'adoration annuelle. Il y abandonne sa tête, ses mains, longtemps. Le sacristain lui pince l'orteil. Toute la ville s'impatiente sur ses trois cents genoux qui ne peuvent plus avancer. M. le curé appelle son suisse pour qu'il arrache à la croix l'idiot.

Paul rentra comme un être nouveau dans la chambre-sans-fenêtre. Ses sœurs et sa mère lui paraissaient des étrangères de l'autre côté de la table.

Il essayait de comprendre son père, l'inconnu qui vivait au-dessus d'eux.

Paul, ce jour de jeûne, laissa la moitié de sa soupe.

Le lendemain samedi, veille de Pâques, Marie vient de gagner l'église pour s'y enfermer avec les saintes femmes de la ville et entendre la voix de l'ange annoncer au petit jour la résurrection du Christ. Paul est resté dans la chambre-sans-fenêtre. Il n'ira pas dormir dans le grenier triste. Sur la serge rouge du fauteuil de Marie, près de la veilleuse qui ne s'éteint jamais, parmi les bêtes, il est mieux, plus grand, plus royal. Il songe. Une pensée imprévue tout à coup l'agite, l'émeut, le jette debout, le dévêt. Il craint que ce soit une mauvaise pensée et se prend la tête dans les mains, se traîne à genoux vers Dieu : Toute l'eau de la cruche de grès répandue sur son corps nu dans la cuve où ses sœurs lavent le linge, il lave son corps pour la première fois. Les bêtes qui voient tomber dans leur nuit tant d'étoiles, perles splendides où s'irradie la flamme du lumignon, croient à la fin du monde et reculent éperdues.

Caractère mystique du corps de l'homme.

Les bêtes ont cherché longtemps dans leur sang pacifié les souvenirs de leurs ancêtres, pour reconnaître ce qu'elles voient. Elles allaient s'approcher, mais elles s'éloignent davantage. Paul est dans l'étonnement de se voir lui-même. Il pense à la rose dont le Christ a parlé. Il voit son corps et se trouble mille fois avec les bêtes prosternées devant ce miracle d'harmonie et de splendeur qu'il est lui-même et devant son « moi » le plus caché, qui ne se révélera jamais peut-être, tous les mystères possibles.

Caractère mystique de la nudité :

Paul est nu et vrai. Il ne sent plus peser sur lui de vêtement qui le sépare et le distingue. Il est semblable à tout homme venant en ce monde, libre, d'un symbolisme moral qui lui fait dépasser les limites de l'humain et comprendre ce qui est Dieu. Il est la plus parfaite image de Dieu. Il est l'Homme.

Caractère mystique du miroir :

Paul s'est avancé dans le vestibule de la chambre-sans-fenêtre, pour se voir dans le cadre sévère du miroir d'Amélie. Il y a le Léthé entre l'être et son apparence. Une angoisse affreuse s'empare de celui qui regarde son image. Il la veut saisir. Il l'aime. Il y a un abîme entre l'être et son apparence :

— Paul, c'est la nuit de Pâques. Dépêche-toi de t'adorer. Les saintes femmes vont revenir. Elles feront du bruit autour du tombeau et dissiperont le mystère. La résurrection, c'est l'heure bénie où tu es, autant une apparence qu'un être, charmé davantage, tu ne le sais pas, de voir ce que tu es ou d'être ce que tu vois. Est-ce que tu es ? Tu n'es déjà plus. Tu es apparence. Est-ce que tu n'es plus qu'une apparence ? Tu es encore, puisque tu te vois. C'est la grâce de la nuit de Pâques.

Paul a regagné la chambre-sans-fenêtre. Pareil à un roi, il trône dans le fauteuil de serge rouge. De chaque côté de l'âtre, les deux chattes vieilles comme le monde le regardent. Les bêtes ont pris leur place chacune autour de lui. Tristemine favorite est assise la plus prochaine. Elle semble relever sa tête fine, pour lui dire quelque chose à l'oreille, sans doute le secret de la joie qu'elle garde, bien qu'il l'appelle du nom de sa tristesse. Joyeuxdrille, le grand chien roux qu'il appelle « sa joie », porte avec angoisse des yeux pleins de larmes, vers la bouche de Paul. Tous les souffles des bêtes affluent au nombril de l'homme. Paul éprouve que jusque dans le désert les lions et les serpents ce soir s'orientent vers lui et le regardent :

— J'étais hideux, s'écrie-t-il, et puais.

La Pourrie, qui est restée lointaine, se croit insultée et se retourne.

Il n'y a que l'Étrange, noire aux pieds de feu, qui ne sache où trouver sa place pour l'hommage. Alors, désespérément elle s'élance, frôlant le mur, vers le crucifix de Marie, pour s'y accrocher. Elle a pris la tête divine entre ses petites pattes et voilà qu'ils s'écroulent tous les deux sur le plancher. Rencontre unique ! Christ et chatte ! Par quel prodige des yeux de chatte se blessent-ils aux épines de Dieu ?

Mais la porte a cédé sous l'effort d'une main inconnue.

Qui peut venir ? Il va faire jour.

C'est Marie.

Elle se jette à genoux et crie le nom de son Seigneur. Elle était restée tout le soir dans l'église et avait vu l'histoire de sa vie se graver sur les murs froids. Elle avait pensé à son corps pour se faire de la peine. Minuit sonne. Le mot « bienheureuse » éclate en lettres d'or sur les murs de son âme.

Alors, une grande souffrance de ne pas voir Dieu l'avait saisie et tordue comme un sarment de vigne, elle s'était levée de son coin de pierres choisi, pour gagner la chambre-sans-fenêtre, où certainement elle le verrait.

Les bêtes s'effacent devant une femme qui s'avance sur les genoux.

Il est midi, le saint jour de Pâques. Marie, dans le fauteuil de serge, raccommode son crucifix avec du fil noir :

AMÉLIE : A quoi penses-tu, Marie ? La nuit a-t-elle été si belle que tu sembles n'être plus sur la terre ?

MARIE : Belle.

AMÉLIE : Je regrette de n'avoir pas eu la force de te suivre.

MARIE : Dieu ne le voulait pas.

AMÉLIE : Pourquoi ?

MARIE : Puisque tu n'as pas eu la force.

Elle se lève et va prendre une pomme cuite dans le four. Elle l'apporte devant Paul.

PAUL : Que dois-je penser de cette femme, de ma sœur Marie ? Elle m'a surpris cette nuit sans vêtements et m'a baisé les pieds, devant que de s'évanouir. Je croyais qu'elle appellerait pour me faire maltraiter. Voilà que ce matin, quand hier elle ne se souciait pas de moi, elle m'apporte une pomme cuite dans le four.

Le soir de Pâques, Marie auprès du père lit un cantique plus beau que le Cantique des Cantiques :

Mon bien-aimé est comme les montagnes,
Comme les vallées solitaires et pleines de bois,
Comme les îles étrangères,
Comme les fleuves qui coulent avec bruit,
Comme le souffle des zéphyrs.

Il est comme une nuit tranquille
Qui approche de l'aurore,
Comme une musique sans bruit,
Comme une solitude harmonieuse,
Comme un souper qui recrée et qui attise l'amour[1].

LE PÈRE : Quelle étrange voix vous avez ce soir, ma fille ? On dirait dans votre bonheur celui d'une fiancée, mais les fiancées sont moins sûres de leur bonheur.

MARIE : Une fiancée ?

LE PÈRE : Est-ce un rêve que vous faites sous les yeux éteints de votre père ? Contez-le au vieillard qui ne croit plus qu'aux rêves.

MARIE : Ne me demandez pas mon secret. Si je le disais, je le perdrais. Si je le perdais, je serais comme le bois mort qui est bon pour le feu.

LE PÈRE : Vous me faites peur, ma fille.

MARIE : Vous avez peur de votre petite bossue, parce qu'elle est heureuse. Il est un violon que vous

1. Saint Jean-de-la-Croix.

imaginiez de construire, quand je suis née, il y a quarante ans. Vous ne l'avez pas touché, depuis que malheureuse, ma mère m'a laissée choir pour vous être contrefaite, comme je suis. Reprenez le violon de bois de rose : Il n'y a plus rien de brisé sur la terre qui ne le soit pour transfigurer la terre.

LE PÈRE : Tu me donnes le goût de remonter aux orgues de l'église, qui se sont tues depuis la naissance de Paul.

MARIE : Vous jouerez tout le temps de Pâques et le lundi. Il y a mille et un anges qui m'escortent sur les degrés de la nuit, jusqu'au fauteuil de serge rouge, dans la chambre-sans-fenêtre, où je descends pour être seule, votre petite bossue devant Dieu.

Après le départ de Marie, le père : « Quelle voix ? Quelle tête merveilleuse ! Une cassolette d'argent où brûlent des parfums sacrés. Mais pourquoi cette loque informe qu'elle traînait tout le long de ma chambre, son corps, mon pauvre amour triste, humilié ? Je n'ai rien plus aimé que ce visage et cette voix signifiait ce soir toutes les mélodies que j'ai rêvé d'écrire.

Paul sur le Maupuy, un violon dans ses mains : « La montagne, la nuit, on dirait ma maison, on dirait la chambre-sans-fenêtre. De partout les étoiles vous regardent, comme les yeux des chats qui vous mettent du soufre sur les mains. Quand ma sœur Marie fait le signe de la croix, c'est une croix de soufre. Il y a dans les os des hommes le soufre qui brûle dans les yeux des chats et dans les étoiles.

« Comme je suis seul ! Plus de soleil ! Est-il un

Dieu ? Le père se meurt. Mais voici la Peyroulade, claire fontaine taillée comme un miroir dans le rocher. On dirait le miroir d'Amélie. Je vais m'y regarder nu.

« En grattant cette crasse chrétienne, quelle merveille j'ai rencontrée et j'arrive seulement aux portes du Commencement.

« Ce soir, je me reposais sur la terre. Le soleil est venu se coucher sous mes pieds et le ciel immense à côté de moi s'étendait fraternel.

« Voici que monte à l'horizon la lune. On dirait ma sœur Marie qui s'en revient de l'église pour me faire ses adorations.

« Si père savait que je touche un violon, il me ferait empoisonner. Si M. le curé savait que je me promène la nuit, il renoncerait à m'apprendre le latin. Mais si j'allais vouloir moi, tous ces beaux désastres ? »

Paul descend de la montagne vers la maison. En jouant une mélodie sur le violon de bois de rose, il se glisse dans la chambre-sans-fenêtre.

Marie pense au miracle. Elle essaie de le retrouver. Il est minuit. Le spectre est lointain. Elle étend ses deux mains au-devant de lui, comme pour l'aider à revenir. De la musique ? Ce sont les anges qui le précèdent... La porte s'ouvre. Un homme nu ne se ressemble pas. L'extase recommence. Marie cache son visage. Elle cherche dans les ténèbres les pieds de son Christ et s'évanouit quand Paul va parler :

— C'est moi, ton frère.

Le lundi de Pâques. Marie auprès du père est assise pour la lecture du matin.

LE PÈRE : Qui peut dire ainsi sur la terre son âme sans une voix ?

MARIE : Vous avez entendu, vous aussi, mon père, les anges ? Il y en avait sur toute la ville qui l'accompagnaient.

LE PÈRE : Qui ?

MARIE : Le Dieu Jésus, qui m'est venu voir. C'est la deuxième nuit que je le vois. Ne le dites pas à ma sœur.

LE PÈRE songe : « Amélie m'a dit que son frère ne s'est pas couché cette nuit dernière. Le violon unique de bois de rose a disparu. Marie a vu quelqu'un à minuit dans la chambre-sans-fenêtre. J'ai entendu le cantique nouveau. »

A MARIE : Tu diras à ton frère que je le recevrai ce soir, à l'heure où tu venais pour la lecture de la Bible.

MARIE : Mais, père, vous savez bien qu'il est niais, qu'il a l'esprit de sa mère ?

LE PÈRE : Puisque j'ai entendu les anges.

MARIE : Vous lui pardonnez d'être ? Il n'est plus la chassie dans votre œil, la cendre sur votre face.

LE PÈRE : Non.

MARIE : Selon la règle de sainte Thérèse, c'est bien Dieu que j'ai vu, puisque ma vision rend meilleur le monde.

Paul auprès du père :

LE PÈRE : Quand tu jouais si bien, à quoi pensais-tu ? Mon père, pour être inspiré, pensait à Dieu. Moi, c'était à une femme que j'ai connue avant ta mère.

PAUL : Je pensais à « moi ».

LE PÈRE : Il ne faut pas dire à ta mère ni à tes sœurs, à ta sœur Marie surtout, que c'est « toi ». Elles croient que ce sont les anges. Il vaut mieux pour elles qu'elles le croient. Je veux le croire moi-même, autant que je le puis. Bientôt je mourrai. Toutes les nuits, à minuit, recommence l'enchantement.

Marie ne s'endort plus jamais. Amélie veut savoir. Les bêtes pleurent jusqu'au jour. On entend une musique nouvelle sur la terre. Mme Kraquelin, qui sait tout, perd ses secrets dans le chemin. Toute la ville parle de « la maison des anges » et participe à son mystère.

L'agonie du père ; minuit va sonner.

LE PÈRE : N'allez pas chercher l'enfant. Il était là, il n'y a que deux heures. Il ne faut pas qu'il voie le mort. Je n'ai plus de regard. Marie, ce sont tes dentelles que je touche, près du drap ? J'entends le souffle de Mme Kraquelin. Il me semble que je ne vais plus rien entendre. Il me semble que je vous aime toutes les trois. Je suis très faible. Je n'ai plus de haine.

Un silence. On entend Paul jouer.

MARIE : Ce sont les anges.

LE PÈRE : C'est lui.

Le père meurt.

La mort de ces dames Kraquelin.

Mme Kraquelin, qui n'a pas mangé depuis cinq jours :

— Quand la nuit était venue, que tout le monde dormait, Amélie, tu prenais la cruche blanche et tu allais à la fontaine. Un chien te suivait.

AMÉLIE : Vous avez soif, ma mère ?

Mme KRAQUELIN : Comme une éponge sur un four. Depuis que j'étais petite, j'ai tout donné. J'étais riche. Mon père m'avait laissé des terres, de l'or et cette maison. Les terres vous nourrissaient. Kraquelin prenait son plaisir à l'or. Il me reste cette maison, pour ne pas mourir sur la route. J'ai tout donné. Que je suis heureuse ! J'ai eu faim ces trois derniers jours. J'ai soif maintenant. Ce n'est pas la même chose. C'est plus près de la mort. Le verre d'eau que je boirai sera la figure du Paradis où les bras de Dieu sont étendus et rajeunissent l'espoir.

AMÉLIE : Les filles de M. Kraquelin ne pouvaient pas travailler. Elles ont croisé leurs mains sur leur poitrine creuse.

Mme KRAQUELIN : Veille à ne pas tomber dans le chemin, ma fille. Je ne souhaite à personne de te voir. Le caniche à tête de mort t'accompagne. Tu as l'air d'un fantôme qui marche. Veille à ne pas tomber. Si la cruche unique se brisait, jamais plus je ne pourrais boire l'eau de la terre.

Amélie s'éloigne.

MARIE : Quelles sont ces femmes qui parlent si près de mon front ?

Mme KRAQUELIN, qui s'est agenouillée devant Marie :

— Ma fille Marie, tu as une plaie et une plaie sur chaque main. Il y a un ulcère dans les cheveux de

Paul et un autre au fond de la cruche. Le bras de ton Christ où mord le fil noir porte un ulcère purulent. Marie, ma fille, la maison se couvre de plaies. Notre-Dame des Cinq-plaies, ayez pitié de la « maison des plaies ». Notre-Dame, ma fille, qui voyez Dieu. Il faut que je prenne mon pinceau trempé dans l'huile douce et que je soulage la porte de notre maison, qui est froide comme la bouche d'un mourant. » Et après un silence, découragée : « La Pourrie est grande comme le monde. »

Amélie rentre. Elle dit :

— Il y a de cela seize ans. J'allais à la fontaine. Je rencontre un chiffonnier, étranger qui venait d'Athènes pour vendre les étoffes du sultan. Il portait un manteau de soie cerise et lis, sortie de bal qu'une grande dame lui avait demandé de lui vendre. Il me dit : « Le veux-tu ? » et m'embrassa longtemps sur la bouche, dans le même temps où Paul est né. Quand je me suis éveillée un matin, après une longue maladie, ma mère me dit : « J'ai eu un fils. » Le lendemain de ce jour, un seigneur, qui était l'ami de père, me demande en mariage. Il avait une boucle d'or sur le front. L'effort qu'il me fallut faire pour lui dire « non », à cause du baiser du chiffonnier, m'a laissé la tête penchée sur l'épaule jusqu'à l'heure de la mort. Je ne peux pas voir Dieu.

Mme KRAQUELIN : Tu n'as rencontré personne, Amélie ?

AMÉLIE : Un vieillard qui dormait sur la margelle et ressemblait à l'étranger. Il a regardé avec épouvante la triste Samaritaine de la mort et s'est enfui comme un galop de cheval dans mon cerveau.

Mme KRAQUELIN : Le père de ton fils.

AMÉLIE : J'ai eu un fils ?

Mme KRAQUELIN : J'ai dit que c'était le mien. Tout le monde l'a cru. Je n'ai menti qu'une fois par amour.

AMÉLIE : Pourquoi m'avoir pris ce bonheur ? Je suis mère.

Elle veut appeler Paul. Elle va vers la porte, mais défaille et tombe sur les genoux. Elle dit :

— Il me semble que si je voyais mon fils à l'heure de la mort, je verrais Dieu. Paul n'est plus Paul. Il est plus grand que Paul. Il est mon fils. Mon fils !

MARIE : A l'orient et à l'occident de la ville où nous sommes nées il y a deux montagnes : le Gaudie et le Maupuy. L'une porte le nom de la joie ; l'autre celui de la douleur. A l'orient et à l'occident de la ville où nous mourons, il y a deux montagnes.

Mme KRAQUELIN : Toutes les deux inconnues.

AMÉLIE : Ne suis-je pas sortie de la maison pour le malheur et je n'ai pas regardé les montagnes ?

Mme KRAQUELIN : Il n'y a pas de malheur.

MARIE : Il y avait tant de bonheur encore dans la chambre-sans-fenêtre.

Mme KRAQUELIN : Pourquoi aurais-je franchi la porte de la ville ?

AMÉLIE : Nous ne pouvions pas travailler, les filles de Kraquelin.

Mme KRAQUELIN : Il me semble être carmélite. Sommes-nous pas trois Sœurs Carmélites, psalmodiant notre nocturne ?

La mélodie commence. Il est minuit.

MARIE : Les anges...

AMÉLIE : Tout le monde a dit que j'étais laide.

Mme Kraquelin : Il n'y a pas de laideur.

Marie : On a dit que j'étais bossue.

Mme Kraquelin : Il n'y a pas de péché. Nous sommes pareilles.

Toutes les trois. — Amen.

Avant de mourir, Mme Kraquelin appellera Paul ; Amélie son fils, et Marie criera le nom de Dieu. Leurs yeux se ferment lentement.

Mesdames Kraquelin viennent de mourir.

DEUXIÈME PARTIE

Le puy maudit

Le sabbat est fait pour l'homme, non l'homme pour le sabbat.

(MARC, II, 27.)

Paul est maintenant seul dans la maison. Il pense au pain qu'il n'a pas donné à ses trois mortes, pour leur ménager l'enchantement de la dernière nuit. Il cherche l'attitude qu'il va choisir, — la sienne, suprême, croise des mains bleutées sur son ventre creux, sans savoir qu'il fait simplement le geste familial. Il trouve belle cette image qu'il réalise sur un lit de grenier. Les bêtes sont enfermées dans la chambre-sans-fenêtre. Elles ont faim et poussent des cris noirs qu'il reconnaît chacun et appelle du nom de sa misère.

Quelqu'un a frappé.

C'est M. le curé. Comme le prêtre s'obstine, Paul, pour lui jeter une pierre, se lève.

Trois danseuses habitaient de l'autre côté de la rue. Elles avaient vu passer les trois bières de ces dames Kraquelin et le petit rousseau qui les suivait.

— Que deviendra-t-il ? pensèrent-elles, sans amour, beauté ni courage, parmi toutes les bêtes qui vont avoir faim ?

En sortant du casino le soir, comme la lune était claire, la plus hardie dans sa robe de Carmen heurta du doigt le contrevent qui protégeait la harpe d'or. Paul crut que c'était encore M. le curé. Il éprouva une grande peine. La voix dit :

— Nous sommes trois amies. Nous demeurons en face. Il y a feu et vin. Regarde. Je suis belle. Si peu triste qu'il soit, un jeune homme l'est toujours trop.

Paul ne savait ce qu'il voyait entre le brodequin et la rose piquée dans les cheveux de Carmen ni si c'était une femme. Il abandonna la mort pour suivre « cela ».

Carmen dit : « J'apporte de la viande fraîche pour les bêtes. »

Des bouquets de glaïeuls d'or sur des murs d'ivoire. Un lit brillant comme le marbre, plus large et profond que la rivière « Creuse ». Des chaises minuscules en rond tout habillées de soie semblent danser sur leurs petits pieds de neige autour du guéridon qu'un dragon de bronze va soulever :

— Faisons la toilette de notre solitaire, dit Carmen.

Paul est nu, — digne statue d'Adonis, — dressée sur le guéridon, dans le cristal du lavabo, près des parfums. Encapeliné de velours à pompons, le feu, pétillant de malice, comme un petit monstre appuyé sur des béquilles d'argent, ou le diable, le regarde. Des touffes de petites mains perlées, à cette lumière, se promènent sur le corps.

Paul voit des femmes. Il n'avait jamais vu

jusque-là que sa mère, ses sœurs et les dévotes de la paroisse. Il voit des femmes. Une femme danse toujours. Trois femmes danseuses sont à ses genoux autour de lui. Il voudrait bien devant chacune d'elles se prosterner à son tour, quand lui apparaît dans le miroir au cadre d'or de Carmen, comme en celui d'Amélie au cadre de bois, la ligne du torse harmonieux de son propre corps : l'arc seulement flexible aux mains de Dieu.

Le dimanche matin, Paul se réveille de bonne heure aux pieds des trois danseuses, où il s'est blotti. L'une du lit va choir, son ventre pâle exposé à la lueur d'une veilleuse qu'un lampadaire de cuivre porte très haut. Paul étouffe dans cette atmosphère inaccoutumée. Un rayon de soleil se glisse par le défaut de la persienne, comme une bonne pensée.

— Moi ici. Moi là-bas, il y a quinze jours, à l'église, agenouillé sur les degrés de l'autel. Comme il y faisait bon !

La messe va sonner. Elle sonne.

— Si j'allais sur la montagne, ma montagne à moi, le Maupuy. J'y ferais ma stalle de pierres énormes, et il y aurait toujours une élévation : le grand soleil qui monterait dans l'infini devant moi.

« Je ne veux plus entrer dans l'église, mais puis-je rester ici ? »

Paul se lève. Les femmes frémissent :

— Est-il commun, cet amant que nous avions choisi, qui ne sait pas se lever tard ?

Paul s'enfuit.

A la porte, il rencontre le laitier :

— Hé ! Popol, il paraît qu'on s'amuse.

Paul songe qu'on ne s'était jamais moqué de lui sur ce ton-là. Cette nuance d'une familiarité nouvelle lui donne la fièvre. L'épicière du coin appelle son mari, pour le voir passer. Elle dit gravement :

— Sa mère et ses sœurs sont mortes, il n'y a pas quinze jours.

Plus loin, comme il va traverser la place du Marché, voilà que des halles monte une foule entière. Les femmes qui étaient accroupies devant leurs légumes se lèvent et les hommes qui étaient assis devant un banc chargé de clous :

— Voyez-vous Kraquelin, ce blanc-bec... C'est Kraquelin. Comme il a changé... Il n'en avait pas assez d'une. Il en a trois. Dire qu'il a voulu « se faire prêtre ». Mais ils sont tous comme ça. Ils ne veulent pas travailler. Que Dieu les nourrisse ou une putain, le bénéfice est le même.

Paul se croit délivré de la houle humaine, quand il prend la rue de l'Église. Mais la messe vient de finir. Les pieuses par groupes silencieux s'avancent. Celles qui le regardaient autrefois de ce regard qu'on réserve aux futurs prêtres, avec toutes sortes d'espoirs pour elles-mêmes et un réconfort qu'elles tiraient de lui, tout chargé de leur respect, aujourd'hui à son approche baissent des fronts confus. Elles ramènent leurs mantes, comme le désespoir, sur leurs cheveux. Elles se signent. Elles se sont détournées. On dirait qu'elles voient son cadavre après huit jours de sépulture. Il souffre surtout d'elles, parce qu'elles représentent ce qu'il aime encore le plus au monde. Quand elles vont passer sur la place, les marchands les mépriseront davantage à cause de lui. Les dévotes ont-elles fini de s'acheminer vers leurs demeures ? Paul arrive près de l'église. M. le curé se tient debout sous le porche. Il n'appelle pas Paul ni ne le salue. Il le regarde avec effroi se réfugier dans la montagne.

Paul sur la montagne suit la route et puis le sentier. Le bâton du pèlerin résonne sur la terre noire. Quand il n'y a plus de sentier, il se déchausse parmi l'ajonc et la bruyère, tapis rose et doré disposé là pour les pieds nus d'un Oriental précieux qui s'avance comme un roi vers un roi. On ne voit pas encore celui que la montagne et aussi bien une feuille de rosier sauvage cache, le soleil !

— Mes péchés sont sur mes deux mains étendues, murmure Paul. Bientôt je serai sur la hauteur et dans cette lumière originelle où je m'en vais, ils seront glorieux.

L'ombre est plus noire, la lande plus interminable. Une vague d'argent déferle tout à coup sur les pieds de l'enfant et voici qu'au rocher le plus fier s'appuie le front du soleil, comme Dieu apparaîtrait. Paul le regarde avec des larmes et s'assied auprès de celui qui le comprend :

— Pourquoi voulais-je un sacerdoce ? Et puis j'ai voulu la mort. Il me reste la folie. On se préserve comme on peut de leur être pareil. La pire chose est bien d'être un homme raisonnable. Il faut que je sois « moi-même ». Si j'ai peur de ma propre étrangeté, qui n'en aura peur ?

Le lendemain, Paul : « Mes petites amies, je ne veux plus vous être à charge. Est-ce que je vous aime ? Il y a le grand secret. Jamais je ne l'aurais dit à mes trois mortes. Je vous le dirai, à vous : J'ai du génie. Mon violon ? Écoutez seulement un peu et vous me présenterez ce soir au casino. »

Les danseuses ont déjà commencé à mépriser Paul, parce qu'il est timide en face de sa propre volupté et plus voluptueux qu'elles-mêmes. Le plaisir excessif de la chasteté les scandalise.

Elles croient désormais connaître Paul, pour avoir vu son corps, comme le corps de tous les hommes, sans le regarder. Elles ne désirent pas de le voir davantage. Elles ne sont pas curieuses non plus de son âme ni de son génie.

Il joue. L'une dit : « Qué crincrin ! » Les deux autres auraient hésité à se prononcer sur lui. Le mot de celle-ci les décide à se moquer toutes les trois.

Paul les regarde ; il y a quelque chose de nouveau dans son regard.

— Tu vendras la harpe dorée, murmurait Carmen à son oreille toute remplie désormais du bruit de son propre sang et nous en boirons le prix. Tu vendras ton violon...

Paul avait cru qu'elles pouvaient avoir la foi, comme sa sœur Marie qui s'était inclinée devant lui si profondément pour l'avoir vu dans son secret, comme sa sœur Amélie et sa mère qui attendaient sur leurs genoux depuis le matin jusqu'au soir la béatitude de l'entendre, comme les pieuses qui pressentaient les avenues interminables de son âme et se troublaient à la pensée de son avenir.

Paul sur la grande route :

— Lune, que fais-tu ?

LA LUNE : J'erre, doucement inactive. Et toi ?

PAUL : J'erre.

LA LUNE : Errons ensemble.

Paul est parti sur la grande route droite et continue qui s'achève dans le crépuscule.

Un homme noir est assis au pied d'une femme blanche devant chaque porte. C'est l'été. Les couples à voix basse parlent. Il arrive que l'homme d'une maison parle à la femme d'une maison voisine sous les yeux de celle qui s'attriste ou que celle-ci regarde le mari « d'en face » par-dessus le regard de celui qui est content près de ses pieds. Leur chuchotement s'élève comme une psalmodie de moines pervers et nonnes peu correctes, rangés sur le passage d'un ostensoir qui les a lassés de bénédictions.

Paul se dresse dans cette lueur dernière. Il appuie le violon de bois de rose à son épaule. Il joue :

« ... Des reines de Saba aux robes de satin, alourdies de grenades et d'oranges qui brillent dans leurs plis, passent, qu'un nègre accompagne. Seraient-ce pas les étoiles qui descendraient en promenade sur la terre ? Et le nègre est d'un bleu de nuit. Chaque femme compte les dents du nègre dans son sourire qui l'émerveille. Dans la chevelure des reines l'homme voit de petits amours qui lui sourient.

« Plus grande se fait la joie. Au-devant du cortège s'ouvrent des portes monumentales de l'Occident. Le soleil y est assis dans sa lumière. Cette nuit, il n'y aura pas de nuit... »

L'enchantement cesse. Chaque homme en alpaga revoit qui se penche sur lui l'épouse de toutes ses nuits, en camisole blanche. Il n'y a plus de lumière que sur les fleurs presque éteintes dans la campagne. Par les rues d'une ville un homme et une femme sont assis deux à deux à l'ombre des pierres, comme en un cimetière où manque le cyprès :

— Pourquoi Paul n'est-il plus méprisable ? Parce qu'il a du génie ? En a-t-il moins couché avec trois danseuses trois jours après que sa morte fût morte et ses deux sœurs ?

Les mains se tendent vers lui. Paul tend sa main droite pour mendier. Il méprise moins l'argent que l'hommage d'un homme :

— Le matin, ils travaillent. Le midi, ils mangent. Ils dorment le soir. Au matin, à midi, à minuit, le soleil, la lune, tous les astres et moi errons, contemplatifs et dignes objets de contemplation, rêve Paul.

Dans son costume noir de velours, que les danseuses lui ont donné, il paraît plus pâle que jamais. L'écharpe de mousseline soufre, qui traîne et sa démarche de fantôme. Une ceinture de laine blanche lie ses reins. L'ampleur des manches et des culottes flottantes laisse voir les jambes et les bras minces exsangues qui apparaissent nus, comme en des calices de fleurs sombres la nacre de l'étamine.

Paul joue devant une maison. Les petites filles se réveillent. Elles sortent du lit, jettent leur manteau sur leur chemise. Quand elles ont regardé de leur fenêtre le virtuose, elles descendent dans la rue. Leur père les rappelle chacune par son nom, mais elles suivent Paul : « Nous allons jusqu'à la grande place avec lui. » Elles vont jusqu'au dernier faubourg ; et chaque fois que Paul s'arrête pour jouer, elles lui font une couronne de leur corps. Les voici dans la campagne. Elles l'escortent parmi les arbres. Dans un pré où naît l'âne de M. le curé, il les fait danser : « Où allez-vous, Monsieur Paul ? » demandent-elles. « Sur la montagne. » Beaucoup s'en sont retournées. Beaucoup le suivent encore. « Nous irons jusqu'au pied de la montagne avec vous. » Elles sont au pied de la montagne ; quelques-unes vont au-delà. Peu à peu, dans la bruyère elles s'aventurent. Elles sont vingt près des rochers. Dix l'abandonnent, quand la nuit est tout à fait venue. Quatre. Puis trois. Puis une paire. La montagne ressemble à une vieille femme endormie dont le chapelet se serait brisé. Le long de ses genoux, les perles glissent par giboulées, puis lentement, trois par trois et la dernière —, jusqu'à ce qu'il n'y ait plus dans sa main rude que le Christ nu sur la croix. La nuit maintenant a tout enveloppé de sa noirceur. Paul est seul sur la montagne. Seul ? une plainte est avec lui, près de ses pieds. Il se penche. Une petite fille est restée. Comme elle se fait délicieusement humble devant le maudit ! Il la regarde : « Pourquoi n'as-tu pas suivi les autres ? Le père te frappera. — Pour mourir, Monsieur Paul. — Mourir ? — Oui. J'avais tant de joie à vous entendre, quand je n'étais pas même seule à vous écouter. J'ai pensé : Que je l'entende une fois toute seule, je mourrai. Il n'y aura plus de père. — Comment t'appelles-tu ? — Monique. Seule avec toi. Celle qui a eu le courage de demeurer la dernière, de te suivre si haut, si loin jusqu'à la faim, où les hommes ne croient pas qu'on puisse encore veiller ni dormir. — Et il n'y a que toi, Monique, je l'affirme, sur toute la terre pour ce courage, répond-il : Écoute la voix se faire plus ardente en hommage devant toi. » Il joue :

« ... De l'infini, parmi l'escorte innombrable des étoiles qui sont les vierges et leur lampe au-devant de l'épousée, monte dans le carillon du vent contre les rochers, sacerdotale, la Lune. En chasuble d'argent, elle murmure des litanies incompréhensibles devant Monique et Paul qui sont debout, une fleur de lis noir sur leurs ventres nus... »

L'enchantement cesse. Et voici le testament de mariage que Paul à cette Monique laissa, une suprême parole :

— Il faut retourner vers ton père, ma bien-aimée Monique, pour toujours seule avec moi. Une femme ne doit vivre ni mourir tout à fait. Une femme doit, mourante, vivre tout au plus d'un souvenir.

Seul désormais sur la montagne, Paul :

— Quel est celui dont la présence impressionnait la montagne et le Ciel, quand nous allions commencer une conversation redoutable, — le Ciel, la montagne et moi, — et qu'une petite fille, rencontrée comme un fétu de paille près de ses pieds, où il cherche sa litière, trouble ?

Il songe à tout ce qu'il a vaincu pour être sur la hauteur, les bêtes dans la chambre-sans-fenêtre et la sainteté dans l'église, toutes les pieuses, ses trois mortes, les marchands de la place, la Pourrie et Dieu, M. le curé, les courtisanes, Carmen qui ne se souviendra pas et celle qui se souviendra toujours, Monique, son nom de Kraquelin, avant de commencer le soliloque merveilleux : « Que vois-je ?

Que suis-je ? Qu'est-ce qu'un mot ? Quel rapport y a-t-il entre un mot et une chose ? Entre une chose et une pensée ? Qu'est-ce qu'une pensée ? Quelle différence n'y a-t-il pas entre une chose et le mot qui la signifie et la pensée que d'elle on a ? Qu'est le soleil ? Un signe d'or qui se promène sur une page bleue ? Que suis-je ? Un signe aussi qui se promène sur une page noire, la montagne ? D'ivoire ou de neige, le signe ? Qu'importe ? Un signe signifie. Que signifié-je ? Est-ce que je ne signifie rien ou serais-je insignifiant ? Ce qui n'est pas une même chose. Si je ne suis signe de rien d'autre que de moi-même, je suis un absolu, je suis dieu. Je suis signe fantaisiste peut-être ? Pas même fantastique ! Menteur ? Pourquoi pas ? La fantaisie, le fantastique, le fantôme. Est-ce que je pense ? Fantôme de pensée ! S'il n'y a pas de Dieu, la plus belle comédie est perdue ! Celle d'un homme qui pense ; ou si Dieu est, ses côtes sont malades de rire. Il me semble que j'ai mal aux côtes de Dieu, que le rire de Dieu va me secouer. Il n'y a pas de « Dieu ». Il n'y a que « Moi ». Je suis seul. Mais où suis-je ? Voilà que je me suis perdu, quand je me suis trouvé. »

Paul se met à courir parmi les rochers et les épines. Ses pieds saignent. Il tombe trois fois, rencontre ses sœurs qui le regardent avec de grands yeux dilatés par la faim, sa mère qui pleure et au tournant de la montagne un homme inconnu à qui il demande : « M'avez-vous rencontré ? Je suis à ma recherche. » L'homme lui répond que le soleil va se lever. Quand le soleil se leva, la lune était au sommet du ciel, comme la clé de voûte d'un temple.

Paul éprouva une grande joie. Il jetait de la terre au soleil, en disant : « Je n'ai pas besoin de toi pour mon bonheur. » Le soleil alors, pris d'un grand effroi, se mit à fuir devant Paul jusqu'au soir, comme un grand chien roux fier qu'on a blessé. Et Paul resta plus que jamais seul sur la montagne ; le soleil avait cessé d'exister pour lui.

Il se tourna vers le ciel ensuite et cherchait la face de Dieu pour y cracher : « Je n'ai pas besoin de Toi pour mon bonheur, à moins que je croie encore en Toi, quand je T'ai nié, même si je crois encore en Toi, quand je T'ai nié. Il faut qu'il y ait une seule chose qui me soit possible, toujours jusque dans l'enfer, c'est la joie. » Et considérant sa joie, Paul vit qu'il avait détruit l'enfer : « Je suis « le solitaire » dans l'espace et le temps, « le lointain » où reposent les pieds de Dieu dans le sarcasme. » Et considérant sa joie (il avait découvert la suprême joie humaine qui éclate dans le rapport d'une force finie et d'un courage sans mesure), Paul éprouva qu'il avait détruit le bonheur.

Il eut dans le même moment une pensée intraduisible ou inavouable, une de ces pensées qui vous ont exilé pour toujours au-delà de l'humain, quand on est entré dans le secret du monde ou dans l'ironie. On peut oublier cette pensée et accomplir toutes les actions. Ce sont elles qui sont indifférentes ; la consécration est définitive.

Paul vit « les individus » et lui s'éteindre dans l'espace comme des éternités.

« Quelle différence y a-t-il entre une femme et une cigarette ? Une différence de gloire. Entre un homme et une serviette hygiénique ? Une différence d'abjection.

« Le monde est dans ma main droite une pomme

de bois, — celle dont les chrétiens ont chargé comiquement la main de leur Christ.

« Et ma main droite est loin de moi.

« Que ne laissé-je tomber la pomme de bois dans l'infini, pour qu'enfin libres, mes deux mains se viennent reposer, fidèles chiennes, d'un côté et de l'autre de mon cœur.

« Et il n'y aurait plus de ridicule. »

Voici maintenant ce que les hommes racontent, pour le détruire :

Il faut inscrire au frontispice de sa mort ce mot que Paul aimait : « Je me suis fait de tous un pinacle et un pilori du corps de quelqu'un. »

Le lendemain du jour de « joie », Paul s'éveillait en criant : « La montagne était pleine de vent. Une chiquenaude l'a rendue plate. Me voici debout sur une punaise. Il n'y a pas de montagne. » Et Paul eut besoin d'un sauveur :

« Au pied du pré bossu, près de la chènevière, j'ai vu le fils du fermier Jacob. Je vous annonce que c'est le Christ pour moi. On prétend qu'il fauche, pioche, laboure, moissonne ou vendange toute sa vie. Je ne sais ce que cela veut dire, mais je sais bien que tous ses gestes me troublent sur la vie. Ses gestes me sont des signes qu'il trace dans l'air comme des oraisons incompréhensibles : les béatitudes. Je leur trouve un sens nouveau, étrange, qui pourra suffire à ma paix. Demain je serai sur son chemin pour lui baiser le talon. »

A tous les passants qu'il rencontre, Paul tient ces propos, et une foule immense l'accompagne. Il faut parler ainsi pour qu'une foule se ramasse et vous fasse cortège. La multitude a besoin de quelqu'un qui lui explique sa piété.

Ropiquet le cordonnier qui avait servi avec Paul la messe de M. le curé, descend dans la rue pour voir le fou : « J'ai du fromage et du vin à la maison, lui dit-il. Tu as faim et soif. Suis-moi. » Paul obéit. Quand Paul est entré dans sa maison : « Mon Paul, lui dit-il, pourquoi rester seul ainsi ? La solitude est un danger. Tu viendras chez nous. Ma femme prépare de bonne soupe. Tu en auras ta part, et nous étendrons pour toi de la paille dans l'entrée. En échange, tu nous feras de la musique et un jour tu te marieras, toi aussi. Vois-moi. Tu sais ce que j'ai souffert de la Ropiquette, et si je l'ai battue. Elle est tellement laide avec ses cheveux marron, en paquets de corde pourrie et ses deux dents qui passent sur la lèvre comme deux pointes d'abcès, — et tellement sourde, plus que la vie. Eh bien ! C'était une habitude à prendre. Sa soupe n'est-elle pas bonne ? Le soir, quand je me couche et qu'elle est toute nue, je lui jette un torchon sur la face. Je suis presque amoureux. Bientôt sans doute je mourrai. La Ropiquette est plus vive que moi. Elle me fermera les yeux, et je ne la verrai plus nì ses cheveux horribles ni ses deux dents, ni la vie. — Quel est, dit Paul, cet homme qui raconte autour de moi une histoire laide ? Ils se sont tous résignés à la laideur.

Tandis que Ropiquet va voir près de la fenêtre si la foule se disperse, Mme Ropiquet a servi Paul. Elle s'assied en face de lui et lui parle de l'autre côté du vin et du fromage : « Le fils du fermier Jacob... » dit Paul. « On dit que c'est le bon garçon », répond-elle. « Le soleil est un signe d'or », continue Paul en mouvement de litanies. Elle : « C'est ce qui manque le plus. » Et lui : « Demain j'irai m'agenouiller... » Alors elle l'interrompt : « C'est très bien, Monsieur Paul, vous redevenez pieux. »

Dieu dit : « Le premier qui vient au-devant de toi est semblable à moi. L'hommage que tu lui rendras, c'est à moi que tu le rendras. » (Math., XV, 35.)

Une chanson :

Tra la lère la
Le fou est le sage.

C'est le fils du fermier Jacob qui s'avance dans le chemin. Il porte un fouet de charretier et chante.

Paul sur ses genoux, crie au-devant de lui : « Quel est celui-ci, comparable à l'épi mûr où la vie se cache ? » Le fils de Jacob, une menace aux lèvres, se penche sur Paul : « Reste debout en plein ciel, Fils de Dieu. Laisse-moi si faible loin de ton visage dans l'humilité. Il faudrait que tu m'apprennes à travailler la terre. » Le fils de Jacob lui cingle de son fouet le front : « Il m'a fait la grâce du martyre, dit Paul. Me voici du sang sur les yeux. Je suis semblable à celui qui entre dans une chambre de pourpre où parle le Roi. »

Le fils de Jacob s'éloigne.

Paul chante, couronné de son sang, dans l'herbe où il est couché :

C'est là le jardin de pavots,
Ma poitrine.
Il est fermé de marbres hauts
Et d'épines.

Je voudrais bien le délivrer
Pour qu'il s'étende.
Il s'étendrait jusqu'à mes pieds,
En plates-bandes.

Dans les pavots très longtemps pâle
Je dormirais
Sans m'éveiller, comme une opale
Qui saignerait.

Ma mère viendrait avec ses femmes,
Procession
Très lente et dans leurs mains des flammes
Vers mon front.

Le fils de Jacob est assis au marché, près d'un sac de pommes de terre. C'est le plus grand jour de foire de l'année. La mère Luce à voix basse le sermonne : « Ces Kraquelin sont des illuminés. Ça vient de la faim. — La faim est une grande chose, la première, affirme le père Nigaud. — En tout cas, petit Jacob, poursuit la mère Luce, il te faut méfier de ce Kraquelin qui dit toujours des choses de nuages autour de ton nom. » Le fils de Jacob : « Pas d'inquiétude pour moi, mère Luce. Je lui ai déjà fait comprendre à qui il s'en prenait et il en saigne. — C'est mal, très mal, dit le père Nigaud. Les fous, de mon temps, c'était sacré. C'était comme les saints. Ça nous dépassait. — Ah ! Ah ! ricane le fils Nigaud sur l'air de qui croit tout savoir, il n'y a personne ici que moi pour connaître ce qui se cache sous le masque de Kraquelin. Je te le dirai tout bas, Jacob, je te le dirai et tu le tueras. — Retirez-vous un peu, qu'on voie mes fruits. »

Les paysannes à coiffe blanche se tiennent debout sur deux lignes régulières. Elles ont mis leur caraco le plus coquet, cerclé de velours autour du ventre. Quelques-unes gardent leur mante, pour marquer un deuil récent. Elles ont rejeté cependant le capuchon démesuré qui semble être une hotte de drap, toute petite, bonne à porter des fleurs sur leurs épaules. Au soleil effrontément elles présentent leurs fronts durs et terribles comme la pierre ou l'inintelligence, et sur leurs mains, pareilles à leur front, parfaitement inexpressives, repose un panier d'osier que masque un linge à carreaux violets. Les paysans ont arboré le chapeau de cérémonie, large, mi-ecclésiastique. Leur uniforme blouse bleue qui les couvre tout entiers, les coiffes blanches des femmes donnent un air de propreté à cette foule, un aspect de candeur primitive, et comme un caractère religieux.

De temps à autre, le plumage qu'on aperçoit de loin ou des roses grossières sur des cheveux malpropres font prévoir une invasion exotique : Précédées de leur domestique, les dames du « Monde » passent hautaines entre les deux rangées de paysannes. Le garde-champêtre, en grand costume, surveille l'allée qu'on leur réserve. Un orgue de Barbarie les accompagne. Le bruit sec des sabots de chaque paysan maintient sur un rythme précis à demi étouffé une conversation abracadabrante. Les syllabes dures, monotones, du patois qui se sont exaspérées deviennent sauvages et finissent en criailleries invraisemblablement rauques ou sifflantes de voix campagnardes ou urbaines qui ne se comprennent plus.

Une dame du « Monde » a pris un œuf dans un panier d'osier. Elle l'élève d'un air fatidique et dit son prix. Les paysannes font tomber sur lui des malédictions en rafale : « Damô, damô, boun di te damno. » L'œuf glisse de la main fine. Il est brisé. L'orgue de Barbarie s'est tu. Les paysans s'arrêtent d'aller et de venir pour regarder tous vers le chemin de la montagne. Les paysannes rompent leurs rangs à l'approche d'on ne sait quoi que précède le silence. Ceux-ci se sont découverts. Celles-là se signent. Paul s'avance, mince et grand au-dessus de la foule, comme le mât d'un pauvre navire enveloppé de deuil pour on ne sait quelle expédition de cauchemar. Il intimide, effraie la curiosité, désespère la haine aussi bien que l'amour, les décourage. Sa face s'est réduite, couverte de caillots de sang ; ses yeux agrandis l'ont toute mangée, qui enferment les deux abîmes du monde, celui de péché et l'autre abîme, le bien, toute la douleur. Ses doigts sur l'écharpe de mousseline soufre se crispent, si étrangement colorés et humides qu'ils ressemblent à des belles-de-nuit épanouies dans une mare desséchée et funeste d'où est sortie la fièvre. On dirait un ange malheureux peint sous une voûte, dans la crypte d'une église romane. La mousse aurait envahi l'image, effaçant l'inscription sur la mousseline qu'il brandit, comme les banderoles de ténèbres aux mains des adorateurs d'une Passion.

Paul va tout droit vers le fils de Jacob : « Qu'on

ne lui fasse pas de mal ! » dit-il dans un sanglot. « J'avais peur de mourir sans avoir justifié Dieu. Je le voyais déjà gravir encore sous une croix que les deux Nigaud l'aidaient à porter, le Calvaire. Sa mère, la Justine, le suivait. Elle avait fermé la porte du cimetière, dont elle a la garde, pour l'accompagner. Et sa fiancée, la grande Laure pleurait, ses cheveux blonds épars près de deux pieds cloués. »

Arrivé près du sac de pommes de terre qu'il n'a pas vu, Paul s'embarrasse dans son écharpe et tombe devant le fils de Jacob. Celui-ci se penche sur lui doucement pour l'embrasser et l'étrangle : « Dieu, dit Paul, m'a fait de ses deux mains un collier ineffaçable. »

Le fils de Jacob s'enfuit vers la rue de la Prison. Les paysans le poursuivent pour la justice, tandis qu'agenouillées les paysannes écoutent, sans comprendre, Paul psalmodier son agonie : « De chaque côté de la ville où je suis né, il y a deux montagnes : le Maupuy et le Gaudie, l'une riante, l'autre maudite. Le Gaudie est à l'Orient couronné de fleurs et de blé. A lui s'enroulent, comme l'astragale bleue, des sources infinies qui chantent sans cesse. Il porte le nom de « la Joie ». Mes amours sont allées à l'autre montagne, la maudite, monstre ténébreux, épouse du pauvre, pareille à moi, au front de rocher, couronnée d'épines rouges, qui s'étend à l'Occident douloureux comme ma mort et la mort de chaque jour. Je n'ai jamais rencontré sur le Maupuy que « l'Étranger aux hommes » et moi. De chaque côté de la ville où je suis né, il y a deux montagnes, le Gaudie et le Maupuy.

« Et j'ai découvert que la douleur aussi était joyeuse. »

Paul traçait sur lui-même de grands signes de croix qu'il retrouvait dans son enfance avec le nom de Jésus. La petite Monique et trois danseuses accourues, Carmen, se penchèrent sur son regard, au moment où il finissait. Le père Nigaud prend la tête du cadavre dans ses mains. Le fils Nigaud lui prend les pieds. « Où va-t-on porter cette peste ? » dit le fils Nigaud. « Il n'a plus de maison », répond le père. M. le curé, qui passait voit le mort et leur embarras. Il dit : « Qu'on le porte à l'église qu'il n'aurait jamais dû quitter. Nous lui ferons une chapelle ardente. »

DU MÊME AUTEUR

Aux Éditions Gallimard

LA JEUNESSE DE THÉOPHILE, *récit.*

LES PINCENGRAIN, *nouvelles.*

MONSIEUR GODEAU INTIME, *récit.*

LES TÉRÉBINTE, *récit.*

PRUDENCE HAUTECHAUME, *nouvelles.*

OPALES, *récit.*

ASTAROTH, *nouvelles.*

LE JOURNAL DU COIFFEUR, *nouvelles.*

L'AMATEUR D'IMPRUDENCE, *récit.*

TITE LE LONG, *récit.*

VERONICAEANA, *récit.*

BINCHE-ANA, *récits.*

MONSIEUR GODEAU MARIÉ, *récit.*

CHAMINADOUR I et II, *nouvelles.*

IMAGES DE PARIS, *récits.*

ALGÈBRE DES VALEURS MORALES, *essai.*

LE SALADIER, *nouvelles.*

CHRONIQUES MARITALES, *récit.*

LE JARDIN DE CORDOUE, *récit.*

DE L'ABJECTION, *essai.*

REQUIEM... ET LUX, *récit.*

L'ARBRE DE VISAGES, *nouvelles.*

TRIPTYQUE, *récits.*

LES MIENS, *récits.*

LE PARRICIDE IMAGINAIRE, *récit.*

L'ONCLE HENRI, *récit.*

ESSAI SUR MOI-MÊME, *essai.*

ANNOTATIONS EN MARGE DE LA GENÈSE, *essai.*

ANIMAUX FAMILIERS, *récits.*

MÉNAGERIE DOMESTIQUE, *récit.*

MÉMORIAL :

I. LE LIVRE DE MON PÈRE ET DE MA MÈRE.

II. LE FILS DU BOUCHER.

III. LA PAROISSE DU TEMPS JADIS.

IV. APPRENTIS ET GARÇONS.

V. LE LANGAGE DE LA TRIBU.

VI. LES CHEMINS DE L'ADOLESCENCE.

UN MONDE, *récits.*

PORTRAITS DE FAMILLE, *récits.*

LA FERME EN FOLIE, *récits.*

ÉLOGE DE LA VOLUPTÉ, *essai.*

CONFIDENCES, *essai.*

ANA DE MADAME APREMONT, *récit.*

DERNIERS JOURS ET MORT DE VÉRONIQUE, *récit.*

CONTES D'ENFER.

DU PUR AMOUR, *essai.*

JAUNISSE suivi d'ÉLISÆANA, *récits.*

NOUVELLES IMAGES DE PARIS suivies de REMARQUES SUR LES VISAGES, *récits.*

CARNETS DE L'ÉCRIVAIN, *essai.*

RÉFLEXIONS SUR LA VIE ET LE BONHEUR, *essai.*

L'ÉTERNEL PROCÈS, *récit.*

COCO, PENDU ET CONTENT, *nouvelles.*

L'ÉCOLE DES FILLES, *récit.*

ANIMALERIES, *récits.*

JOURNALIERS :

I. 1957-1959.

II. LES INSTANTANÉS DE LA MÉMOIRE (1959).

III. LITTÉRATURE CONFIDENTIELLE (1959)
IV. QUE TOUT N'EST QU'ALLUSION (1960).
V. LE BIEN DU MAL (1960).
VI. ÊTRE INIMITABLE (1960).
VII. LA MALMAISON (1961).
VIII. QUE LA VIE EST UNE FÊTE (1961).
IX. QUE L'AMOUR EST UN (1961).
X. LE GOURDIN D'ÉLISE (1962).
XI. LA VERTU DÉPAYSÉE (1962).
XII. NOUVEAU TESTAMENT (1963)
XIII. MAGNIFICAT (1963).
XIV. LA POSSESSION (1963).
XV. CONFRONTATION AVEC LA POUSSIÈRE (1964).
XVI. AUX CENT ACTES DIVERS (1964).
XVII. GÉMONIES (1964).
XVIII. PAULO MINUS AB ANGELIS (1964-1965)
XIX. UN SECOND SOLEIL (1963).
XX. JEUX DE MIROIRS (1965-1966).
XXI. ORFÈVRE ET SORCIER (1966-1967).
XXII. PAROUSIE (1967-1968).
XXIII. SOUFFRIR ET ÊTRE MÉPRISÉ (1968-1969)
XXIV. UNE GIFLE DE BONHEUR (1969-1970).
XXV. LA MORT D'ÉLISE (1970-1971).
XXVI. NUNC DIMITIS (1971-1972).
XXVII. DU SINGULIER À L'ÉTERNEL (1972-1973).
XXVIII. DANS L'ÉPOUVANTE, LE SOURIRE AUX LÈVRES (1973-1974).

CHRONIQUES MARITALES précédé d'ÉLISE, *récits.*

TROIS CRIMES RITUELS, *essai.*

DESCENTE AUX ENFERS, *nouvelles.*

CHRONIQUE D'UNE PASSION, *récit.*

DIVERTISSEMENTS, *essai.*

MA CLASSE DE SIXIÈME, *essai.*

LÉONORA OU LES DANGERS DE LA VERTU, *théâtre.*

OLYMPIA suivi de ANTISTIA et de TOUT OU RIEN, *théâtre.*

UNE ADOLESCENCE, *récit.*

LETTRES D'UNE MÈRE À SON FILS.

AZAËL, *récit.*

JOURNAL SOUS L'OCCUPATION suivi de LA COURBE DE NOS ANGOISSES.

BRÉVIAIRE, PORTRAIT DE DON JUAN, AMOURS, *récits.*

Impression Bussière à Saint-Amand (Cher),
le 14 mars 1984.
Dépôt légal : mars 1984.
Numéro d'imprimeur : 2506.
ISBN 2-07-037-544-7./Imprimé en France.

33297